Chère lectrice, cher lecteur,

Éditions Amorosa, nouvelle [...] propose des romans sentime[...] ditionnels du romantisme et de l'amour à la française. Une offre de romans où l'amour est souvent intimement lié à d'autres thèmes tout aussi captivants et où le suspense, le thriller, le fantastique ou l'aventure ont leur part.

Notre production repose spécifiquement sur des manuscrits d'auteurs francophones*. Vous n'y trouverez pas d'ouvrages traduits et vous ne serez pas transporté comme souvent dans un univers anglosaxon. Ainsi, vous découvrirez une richesse et une diversité inégalées dans le genre du roman sentimental, simple reflet de l'extrême talent et de l'imagination des auteurs francophones !

Le plaisir de lecture est garanti : les ouvrages passent à travers le filtre du comité de lecture Amorosa, constitué d'hommes et de femmes passionnés par la lecture et dont la mission est de sélectionner rigoureusement les meilleurs manuscrits parmi ceux que nous recevons chaque jour (vous aussi vous pouvez être édités dans cette collection !).

Soucieuses de vous proposer régulièrement des romans qui vous feront rêver, les Éditions Amorosa sont à votre écoute pour toute suggestion dont vous souhaiteriez leur faire part.

Je vous répondrai personnellement.

Nous vous souhaitons une agréable lecture !

A très bientôt,

Isabelle
Responsable éditoriale

Contact : isabelle@editions-amorosa.com

*Français en majorité, Suisses, Belges, Maghrébins, Canadiens…

Éditions Amorosa
Romans d'Auteurs Francophones

6, rue Daru 75008 Paris

www.editions-amorosa.com

© 2010 Éditions Les Nouveaux Auteurs — Prisma Presse
Tous droits réservés ISBN : 978-2-8195-0042-1

Isabelle Bottier

Les fleurs du destin

nouvelle

AMOROSA

À mon ange, qui m'a fait cadeau de ses ailes.

Clara n'entendait pas le rossignol chanter. Pas plus qu'elle ne prêtait attention au chien qui venait de s'asseoir sur ses pieds. Cela provoqua chez elle un simple sourire.

Chez les superstitieux et les grands amoureux du destin, cela s'appelait des signes.

Un rossignol qui chante, c'est la promesse d'une joie à venir.

Un chien qui s'assoit sur vos pieds sans raison, c'est qu'une rencontre est à faire.

Mais Clara ne se rangeait pas dans cette catégorie de personnes. Et même si ça avait été le cas, pour le moment, elle ne pouvait ni voir ni entendre… elle n'était pas prête.

Pourtant, sans qu'elle le sache, autour d'elle, tout se mettait en place.

1. Un rendez-vous

Ravissant !

Clara était la mieux placée pour s'envoyer des fleurs.

Elle déposa le dernier pot puis recula de quelques pas pour admirer sa devanture. Chaque matin, elle s'appliquait à offrir un peu de poésie à ce bout de trottoir qui lui appartenait. Il était aussi sa vitrine, une invitation. C'est la raison pour laquelle elle exposait ses fleurs, tel un metteur en scène cherchant à sublimer ses acteurs. Ce décor était singulier : il y avait une petite table et une chaise de jardin en fer forgé, un rocking-chair, une brouette, une lanterne, quelques seaux en zinc et bien sûr, des fleurs. Alignées sur le sol, en suspension, sur la table, Clara les avait disposées habilement sans trop charger les lieux. Cet ensemble donnait l'impression que le temps s'était arrêté. Il faisait penser à un tableau de Monet relatant une époque insouciante et heureuse. Clara ne lâchait rien tant qu'elle ne voyait pas défiler devant ses yeux un éclat. Dès lors, tous ceux qui empruntaient cette petite rue de Montmartre ne pouvaient ignorer ce flot de couleurs. Ce havre de paix surgissait sans crier gare, ouvrant les yeux aux regards les plus endormis, et interrompait toutes les pensées, même les plus sombres. Clara essuya ses mains pleines de terre sur le tablier vert qu'elle portait puis regarda le résultat de son œuvre avec satisfaction.

Tu es une artiste, Clara. Allez, j'ai bien le droit de le penser.

Elle leva alors les yeux pour les poser sur son enseigne qui se balançait au gré du vent, comme pour marquer son impatience à entamer une nouvelle journée. « La

Fine Fleur » était prête à accueillir de nouvelles histoires, à participer activement au plaisir de quelques personnes. Clara détourna son regard pour le porter plus haut dans le ciel. Le soleil semblait s'inviter pour la journée. Clara en fut ravie, elle n'était pas contre une touche supplémentaire d'harmonisation.

Clara s'engouffra dans sa boutique puis retourna le petit écriteau fermé sur ouvert. Le décor intérieur était tout aussi charmant qu'à l'extérieur. Sa boutique ressemblait à un vieux grenier où cohabitaient des meubles qu'elle avait récupérés dans une brocante et à qui elle avait donné une seconde vie. Tout était repeint de couleur rose et parme. Dans le fond de la boutique, la réserve accueillait tout le matériel, mais aussi un frigo qui avait pour rôle de préserver les fleurs, un lavabo, une petite armoire pour déposer ses affaires personnelles, puis une petite table sur laquelle reposaient une cafetière, des biscuits et des revues, permettant ainsi de rendre les pauses plus agréables.

— Eh ! Voilà Mister sourdingue !

Alors qu'elle se lavait les mains, Jérémy, le jeune employé qu'elle formait depuis maintenant un an, arriva comme à son habitude avec des écouteurs sur les oreilles.

Jérémy était muet et en constatant le niveau volumétrique du son qu'il imposait à ses oreilles, Clara pensa qu'il cherchait également à devenir sourd. Qu'il soit muet n'était nullement un problème pour elle. Quand il s'était présenté, elle avait tout de suite vu qu'il avait de sacrées connaissances et surtout, l'essentiel était là, il aimait les fleurs. La plupart du temps, leur communication se passait de commentaires. Jérémy lui avait tout de même appris quelques signes assez simples, mais quand une discussion s'avérait plus ardue, il écrivait sur un carnet.

À dix-sept ans, il avait encore beaucoup de restes d'un enfant. Il faut dire que son physique ne l'aidait pas à s'inscrire du côté des adultes. De taille moyenne, cheveux roux, le teint pâle agrémenté de quelques tâches de rousseur, sa sagesse était dessinée sur son visage. Clara n'avait que onze ans de plus que lui mais se sentait si loin de sa candeur et de son éternelle joie de vivre. La seule chose qu'elle avait en commun avec lui, c'étaient les yeux verts. Ses cheveux à elle étaient blonds comme les blés, lisses, arrivant au-dessus des épaules. Ses traits fins et délicats lui donnaient un côté fragile qu'elle détestait. Elle était svelte et regrettait que son métier ne lui permette pas de s'habiller plus « chiquement ». Toute la journée, elle avait les mains dans l'eau, elle se salissait, s'écorchait et pour toutes ces raisons, elle avait besoin de se sentir à l'aise dans des vêtements souples et amples.

Comme à l'accoutumée, Clara reçut Jérémy avec un bisou qu'elle lui envoya du bout des doigts. Jérémy l'attrapa et hésita sur l'endroit où le déposer. Clara prit une mine renfrognée.

— Je te conseille de bien choisir !

Jérémy décida finalement de le poser délicatement sur sa joue.

Clara lui sourit.

— Parfait !

Tous les deux avaient tout de suite sympathisé. Jérémy ne parlait pas et pourtant Clara et lui avaient le même langage. Être fleuriste, c'est inventer, créer. Être fleuriste, c'est être artiste. Clara le sut de suite, Jérémy était de ceux-là.

Clara se tenait devant son comptoir, les yeux plongés dans son livre de commande tandis que Jérémy rangeait son haut et ses écouteurs dans l'armoire.

— Je te préviens. Je me suis réservé le bouquet de la mariée.

Clara jeta un regard compatissant à Jérémy qui venait de la rejoindre. Elle se doutait bien qu'il aurait préféré faire le bouquet.

— Tu veux bien t'occuper de la boutonnière ?

Jérémy hocha la tête, cachant sa déception.

— Alors on avait dit une petite boutonnière toute simple.

Clara énuméra, en comptant sur le bout de ses doigts, tout ce qui entrait dans la composition :

— Un lisianthus blanc, de la gypsophile et une petite perle.

Le carillon de la porte retentit. Macha, la cinquantaine pimpante, entra comme une furie, une rose rouge dans une main et un café dans l'autre. Elle était brune, les cheveux coupés à la garçonne, avec quelques mèches grisonnantes qui commençaient à faire leur apparition. Elle était vêtue d'une chemise rouge et d'un boléro noir, accordé à la couleur de sa jupe droite. À peine maquillée, Macha était le type même de femme toujours coquette et tout à fait dans l'acceptation de son âge… tout comme ses quelques kilos en trop.

Clara leva la tête, quitta son comptoir et regarda tristement la fleur que tenait Macha. Elle avança sa main pour l'attraper.

— C'est pour qui cette jolie fleur fanée ?

Macha lui mit une petite tape amicale sur la main.

— Pas touche, elle est à moi celle-là ! Un bel inconnu me l'a offerte.

En disant cela, Macha se trémoussait comme une adolescente tout émoustillée. Clara se tourna vers Jeremy pour lui demander son avis. Les bras croisés, appuyé sur le comptoir, il haussa un de ses sourcils et tordit sa bouche pour marquer son scepticisme. Clara sourit et hocha la tête.

— En effet, Watson ! Ce bel inconnu ne travaille-rait-il pas près de la gare ?

Clara se mit à tournoyer autour de Macha, les bras croisés dans le dos.

— Hum… Et ne serait-il pas payé pour offrir des fleurs ? feignant l'ignorante. Mais au fait, quel jour sommes-nous ?

Jérémy dessina dans le vide les courbes d'une femme, insistant exagérément sur la poitrine. Clara crut bon l'arrêter.

— Bon, ça va, on a compris. C'est ça, c'est aujourd'hui la journée de la femme.

Macha fusilla Jérémy du regard et dit, pince-sans-rire :

— Vire-le !

Puis elle se tourna vers Clara :

— Peste ! Pas un pour relever l'autre ! Tiens, mon bon cœur me perdra.

Macha venait de lui tendre un gobelet. Clara attrapa Macha par les épaules et lui fit un bisou sur la joue, puis elle s'empara du gobelet bien fumant.

— Merci pour le café. Je serais venue le prendre.

— Oui mais j'avais envie de m'exhiber avec ma fleur. Et je compte bien rentrer ce soir avec, histoire de rendre mon mari jaloux… enfin, s'il en est encore capable…

Macha avait dit cela avec une pointe d'amertume. Elle prit le chemin de la sortie et fit une dernière halte avant de quitter la boutique.

— Au fait, on a de nouveaux gâteaux à la noix de pécan, un délice !

Jérémy frotta son ventre et passa sa langue sur sa lèvre supérieure. Macha le regarda faire avec un air faussement écœuré.

— Tes techniques pour me faire chavirer sont écœurantes, gamin !

Macha s'en alla sur cette pointe d'humour. Clara secoua la tête, toujours aussi impressionnée par la vivacité de Macha.

— Quel numéro !

Elle tenait le salon de thé juste à côté de sa boutique et venait régulièrement lui offrir un café, en plus de sa bonne humeur.

En sortant de « La Fine Fleur », Macha croisa un homme d'âge mûr qui ne semblait pas lui déplaire. Elle jeta un œil en direction de Clara et Jérémy et désigna le passant en se frottant le ventre à son tour, faisant semblant de le suivre.

Clara et Jérémy éclatèrent de rire.

Une sirène d'ambulance brisa cet instant violemment. Le visage de Clara se ferma aussitôt, faisant ainsi mourir son rire. Elle détestait ce son. Jérémy ne prêta aucune attention à ce bruit qu'il avait visiblement rangé dans la case des choses courantes… il ne savait pas. Clara refusa de plonger à nouveau et préféra se concentrer sur son travail, mais l'effort que cela lui demandait pour ne pas penser, l'épuisait. Elle retourna derrière sa caisse où le livre des commandes était resté ouvert.

Pour retrouver le sourire, il lui restait à imaginer celui de la future mariée qui découvrirait son bouquet.

Le reste de la journée se déroula sans encombre, il y eut du rangement, des préparations de bouquets ; de l'attention pour ceux déjà installés en boutique, des pauses, des soupirs, puis, en fin de journée, le carillon retentit. Un homme, élégant, brun, les yeux gris, entra et lança un bonjour à la volée avant d'embrasser la boutique du regard. Clara taillait un bonzaï. Elle laissa le client seul faire son choix quelques instants, comme il était coutume de le faire. Jérémy était dans la réserve. Clara observa le client discrètement et trouva qu'il avait une élégance naturelle qui devait en séduire plus d'une. Visiblement, il cherchait le coup de cœur parmi toutes les fleurs. Il les passait toutes en revue et semblait n'avoir aucune fulgurance.

Clara se pencha vers son bonzaï et lui murmura :

— Je reviens au plus vite. Pas de bêtises, hein !

Clara vint alors au secours de l'homme perdu au milieu de toutes ces fleurs.

— Est-ce que je peux vous aider ?

Le client regarda enfin Clara et décrocha un sourire à faire fondre les plus préparées.

Hum, mignon.

— Je crois, oui… je voudrais des fleurs.

Sa phrase s'arrêta là. Ce qui était un peu mince comme information.

— Ça tombe bien, j'en ai.

Il eut un petit rire puis prit quelques secondes avant de poursuivre :

— C'est pour une dame que je ne connais pas encore bien mais…

Clara enchaîna :

— Qui vous plaît beaucoup ?

— C'est ça.

Clara leva les yeux au ciel comme quelqu'un qui s'évanouit dans ses songes. Elle imaginait déjà le bouquet.

— De l'élégance et quelque chose de discret…

Elle fit quelques pas sur le côté puis lui désigna un vase rempli de roses blanches.

— Des roses blanches ! Ce sont des fleurs qu'on retrouve beaucoup aux obsèques, mais c'est idiot de les associer seulement à ce triste évènement. Ne les trou-vez-vous pas jolies ?

— En effet, elles sont très belles.

Clara regarda le client avec un air malicieux.

— Je m'avance mais peut-être qu'encore une fois, elles vont servir à un enterrement.

L'homme fronça les sourcils. Il avait du mal à voir où elle voulait en venir.

— Comment ça ?

— Ce bouquet que vous voulez offrir, c'est peut-être pour enterrer votre solitude.

Le visage de l'homme s'illumina.

— Bien vu.

— Croyez-moi, si vous offrez ces fleurs, ça vous rendra spécial.

— Pour quelle raison ?

— Parce que les hommes ont toujours tendance à foncer vers les roses rouges.

— Ah oui… ce n'est pas faux. Et comment vous expliquez ça ?

Clara battit des cils et posa sa main sur son cœur, telle une comédienne prête à déclamer ses vers.

— Les roses rouges, c'est la passion !

Le client sourit.

Mince, qu'est-ce qu'il a à sourire comme ça. Il est dingue, lui ! Et pourquoi ça me met mal à l'aise tout à coup ?

— Ah ! Très bien, j'en prends note. Alors, allons-y pour un bouquet de roses blanches.

Clara se pencha vers le vase qui contenait les roses et commença par en enlever une.

— Combien en désirez-vous ?

— Je n'en ai pas la moindre idée. À partir de combien, on ne passe plus pour un radin ?

Clara attrapa plusieurs autres roses et sourit. Elle ne savait pas pourquoi mais elle évitait son regard.

— La quantité n'a pas d'importance. L'important,

c'est ce que dégage le bouquet, un peu comme les êtres humains, vous en avez de toutes les tailles et pour tous les goûts et ce n'est pas seulement le plus grand et le plus beau qui va vous séduire.

Le client pencha sa tête sur le côté avec un petit sourire en coin, comme si ce qu'elle venait de lui dire le touchait. Clara, qui continuait de prendre les roses, sentait son regard posé sur elle. Cela provoqua dans sa nuque des picotements et elle sentit une chaleur s'emparer de son corps.

Oh non, alors ça, c'est le bouquet. Bon retour par la case adolescence !

Et pour couronner le tout, ses joues commençaient à s'empourprer. Clara s'empressa d'attraper les roses. Elle se sentit si troublée qu'elle en bafouilla.

— S… s… sept roses, ça me paraît bien !

Elle tourna vivement le dos au client et se rendit derrière son comptoir sur lequel elle déposa les fleurs. Jérémy entra dans la pièce. Il venait chercher une bobine de ficelle posée sur une étagère derrière Clara. Il salua d'un signe de la tête le client qui lui répondit poliment. Jérémy allait retrouver la réserve quand il stoppa ses intentions pour fixer Clara, les yeux écarquillés, l'air hébété, comme si elle avait un troisième œil au milieu du front. Clara était ainsi, elle ne pouvait rien contrôler ni dissimuler.

Grillée ! Le sans-gêne des gosses, tout pour me mettre à l'aise.

Pour le coup, ça arrangeait bien Clara qu'il ne puisse pas parler. Heureusement, le client venait de détourner son regard. Les mains dans les poches, il jaugeait les passants dans la rue. Jérémy, étonné par la nouvelle physionomie de Clara, jeta un œil suspicieux au client et sourit narquoisement en fixant à nouveau Clara : jeune ou pas jeune, on ne pouvait pas la lui faire.

Tire-toi de là !

Elle retroussa son nez et fit un mouvement de tête sur le côté pour dire à Jérémy de dégager. Jérémy la salua, tel un militaire, et retourna à la réserve.

Clara n'avait jamais été aussi rapide pour faire l'emballage d'un bouquet, mais il fallait que le client s'en aille au plus vite.

Le client se retourna et fit de nouveau une inspection des lieux.

— Vous avez une jolie boutique. C'est décoré avec goût.

— Merci.

Pour montrer que tout était normal, il fallait dire quelque chose.

— Vous habitez le quartier ?

— Oui, l'immeuble qui se trouve juste en face ! J'ai emménagé il y a deux mois seulement. Nous sommes voisins.

Et c'est censé être une bonne nouvelle, ça ?

Clara ne le regardait toujours pas. Elle agrafa le papier cellophane qui entourait le bouquet puis fixa sur l'emballage un ruban bleu autocollant.

— J'espère que je vais me plaire ici.

Clara, le visage crispé, tentant au mieux de ne rien laisser paraître, releva le bouquet et posa dessus un regard appuyé.

— On dirait que c'est bien parti.

Clara quitta le comptoir et lui tendit le bouquet.

Il attrapa les roses et la fixa quelques secondes, comme s'il la sondait. Clara ne donnait aucune explication à ce regard si ce n'est qu'elle devait avoir des restes de rougeur qui devaient traîner par là. Elle avait honte et se sentait idiote, qu'est-ce qu'il allait s'imaginer ? Pour arranger ses affaires, elle sentit sa respiration se bloquer.

Et pourquoi il ne part pas ? Je suis déjà presque au

bord de l'évanouissement.

— Parfait ! Merci.

Il sortit alors deux billets de sa poche qu'il tendit à Clara. Clara fit des yeux ronds en voyant les billets.

Et en plus, j'allais oublier de réclamer mon argent ! Welcome in cul-cul la praline world[1] !

Elle attrapa les billets prestement en le remerciant. Sur le point de sortir, il se retourna.

— Souhaitez-moi bonne chance pour ce soir.

Clara croisa les doigts et le client lui lança une dernière fois un de ses sourires fait maison avant de s'éclipser. Clara cacha son visage dans ses mains en poussant un petit cri, énervée contre elle-même.

Un ange passe…

Clara resta de longues secondes dans la même posture, pensive, puis finit tout de même par redescendre sur Terre.

Alors là, comment tu t'es laissée cueillir ma pauvre fille !

Clara termina sa journée, l'esprit préoccupé par ce qu'elle appelait « l'incident ». Elle ne comprenait pas comment elle avait pu être si bêtement troublée. Elle frissonna rien qu'en y repensant et s'en voulait terriblement d'avoir réagi ainsi. Mais elle était confiante et songea que la nuit ferait son travail, emportant dans son sommeil ce moment malheureux. Soudain, elle releva le nez de son livre de compte sur lequel elle ne notait plus rien depuis un bon quart d'heure et jeta un œil au-dehors, alertée par un bruit de pas. Le rideau de fer était à moitié fermé pour faire comprendre aux clients que l'ouverture du magasin ne leur était plus permise. Jérémy était déjà parti depuis presque deux heures. Les

---

1 *Bienvenue dans le monde cucul-la-praline*

pas s'arrêtèrent devant sa boutique, le temps pour Clara de renverser sa tête en bas et de reconnaître son bouquet de roses blanches… enfin, celui qui appartenait désormais à une autre. Elle en était certaine, c'était le sien. Les pas poursuivirent leur chemin et, sans réfléchir, Clara lâcha son stylo et accourut vers le rideau qu'elle passa en s'accroupissant. Elle fit quelques mètres et aperçut son client aux roses qui traversait la rue. Clara leva son bras, comme si elle hélait un taxi.

— Hep ! Attendez !

L'homme se retourna et sourit en la voyant. Et soudain, face à lui, Clara se trouva toute bête. Curieuse réaction. Elle qui, il y a quelques secondes encore, songeait sérieusement à faire fondre cet « incident » à l'acide, voilà qu'elle accourait.

Oh et après tout, qu'est-ce que je risque ? De plus, j'ai comme alliés le froid et la nuit. Grâce à eux je vais pouvoir rougir et frissonner à volonté.

Elle désigna le bouquet.

— On dirait que je n'ai pas assez croisé les doigts.

— Oui… mon rendez-vous a été annulé à la dernière minute, un empêchement…

Il affichait une déception évidente.

— Je suis désolée… les femmes aiment se faire désirer des fois.

Il lui tendit le bouquet.

— Tenez ! Autant que quelqu'un en profite. Au moins, vous, je suis certain que vous les apprécierez.

Clara mit ses deux mains en avant pour marquer son refus.

— Non, non, merci, gardez-les, le bouquet peut tenir quelques jours.

— Oui, mais mon rendez-vous ne sera de retour que la semaine prochaine. Elle est hôtesse de l'air.

Il tendit de nouveau le bouquet vers Clara en hochant

la tête, insistant. Le regard de Clara passa des belles fleurs aux beaux yeux gris. Elle hésita encore quelques secondes puis décida finalement de le prendre.

— Très bien, c'est gênant, mais merci. C'est l'avantage d'être fleuriste, je peux rentrer chez moi avec un bouquet de fleurs sans que mon amoureux soupçonne qu'un inconnu pourrait me les avoir offertes.

Il la fixa de nouveau droit dans les yeux, en souriant.

Pitié, pas ce sourire.

Clara tremblait de tous ses membres et préféra accuser le froid.

L'homme mit les mains dans ses poches puis recula, tout en continuant de la regarder.

— Bonne soirée !

Il se retourna et Clara le regarda rejoindre son immeuble. Elle était incapable de bouger. Elle plongea alors son nez dans le bouquet de roses et ne pensa plus qu'à une chose : rejoindre Alexandre.

En entrant dans son appartement, Clara n'eut pas besoin d'allumer. Du salon frétillait une lumière douce provoquée par les mèches de quelques bougies allumées. Il y en avait un peu partout disséminées dans la pièce. Clara avança dans ce salon très grand, séparé en deux dont un coin servait visiblement de bureau. Il y avait également deux baies vitrées qui donnaient sur un jardin privatif. Elle posa le bouquet de roses sur le sofa, desserra la ceinture de son manteau puis déposa ce dernier sur les fleurs. Ce geste n'avait rien d'anodin et montrait qu'elle n'assumait pas de les avoir acceptées. Tout en avançant dans la pièce, elle se déchaussa. Clara découvrit une jolie table dressée pour deux. Elle sourit puis s'avança vers un meuble sur lequel agonisait une pensée. Les feuilles étaient desséchées et il semblait n'y avoir plus rien à espérer d'elle. Clara en caressa les pétales puis regarda en direction du sofa, le chagrin l'envahit ainsi que la culpabilité.

Je n'aurais pas dû.

Le regard sombre, elle attrapa le bouquet de roses puis se rendit dans la cuisine où, furieuse, elle le jeta dans la poubelle.

Elle quitta la pièce sur la pointe des pieds pour aller jusqu'à la salle de bains. La porte était entrouverte et laissait passer un trait de lumière. Sans faire de bruit, elle glissa tout doucement sa tête dans l'entrebâille-ment. Alexandre était là, allongé dans son bain, les yeux fermés. Clara s'appuya contre le mur, prenant bien soin de ne pas se faire remarquer. Elle le trouvait si beau, si désirable avec ses cheveux châtains qui avaient tendance à boucler, ses lèvres qu'il tortillait au moindre embarras, son regard franc couleur noisette. Rien chez lui n'était « à revoir ». Autrefois, elle se serait déshabillée et l'aurait rejoint, lui aurait fait mine d'être contrarié et les rires auraient laissé place à un moment d'abandon… mais aujourd'hui… le silence régnait en maître. Clara le regarda encore quelques secondes puis quitta la pièce comme elle était venue, sur la pointe des pieds.

Une fois dans la cuisine, Clara plongea sa main dans un tiroir pour ressortir un tire-bouchon. Elle avait décidé d'ouvrir une bonne bouteille puis, ayant quelques minutes avant qu'Alexandre ne la rejoigne, elle décida de faire un plongeon dans le passé encore si présent. Elle se souvint de leur premier rendez-vous. À cette époque, Clara était employée chez un fleuriste et s'arrêtait régulièrement au salon de thé de Macha où Alexandre préparait de merveilleux gâteaux. Il sortait de temps à autre de derrière ses fourneaux pour fumer une ciga-rette ou prendre sa pause. Alexandre avait repéré Clara assez vite et ses regards étaient sans équivoque, ce qui perturba le rythme de respiration de Clara, mais la flatta également. Tout comme les gâteaux qu'il fabriquait, elle le trouvait très à son goût. Puis un jour, il s'était décidé à l'aborder. Le soir même ils dînaient ensemble. Clara étant fleuriste, Alexandre avait supposé qu'il serait plus original de lui offrir une fleur toute simple, une fleur qu'elle lui inspirait. Et ce fut une pensée. Clara avait trouvé ça si… charmant. Dès lors, il ne lui avait jamais acheté d'autres fleurs que des pensées. À chaque fois qu'il lui en offrait une, c'était sa façon à lui d'ouvrir son cœur, c'étaient ses « je t'aime plus que tout ».

Clara versa du vin dans deux verres à pied puis jeta le papier qui entourait le bouchon de liège dans la poubelle où reposaient les roses. Elle regretta d'avoir dû s'en séparer, mais c'était mieux ainsi.

Elle sentit soudain la présence d'Alexandre derrière elle. Elle referma le couvercle de la poubelle puis se retourna, le sourire aux lèvres, prête à déguster un bon vin avec l'homme qu'elle aimait.

2. Un anniversaire

Pâques approchait et Clara commençait à préparer sa prochaine vitrine. Les meubles déjà présents dehors resteraient à leur place, mais elle rajouterait un faux gazon parsemé de quelques pâquerettes. Il y aurait évidemment les incontournables nids remplis d'œufs colorés, mais également quelques fagots de paille qui viendraient embellir les parcelles dénudées.

Pour l'occasion, Jérémy avait emprunté à son petit frère un gros lapin en peluche. Clara n'adhéra pas du tout à la version du petit frère, mais ne chercha pas à asticoter Jérémy avec cette faiblesse. Elle comprenait parfaitement qu'à dix-sept ans on n'assume plus son attirance pour les peluches. Ce lapin était tellement bien fait, à la limite du lapin empaillé, que Clara accepta sans rechigner de l'installer sur la brouette, il collait parfaitement au décor.

La pluie n'arrêtait pas de tomber depuis ce matin et les clients se faisaient rares. Profitant de cette accalmie, Clara prenait de l'avance sur sa vitrine et assemblait des épis de blé, tandis que Jérémy agrafait de fausses pâquerettes sur un carré de gazon. Macha entra en trombe, comme à son habitude. Mais cette fois, elle avait une excuse, il pleuvait des cordes. Elle s'essuya les pieds sur une serpillière de fortune que Clara avait installée à l'entrée de la boutique, espérant ainsi limiter les dégâts.

— Faut-il que je vous adore pour traverser ce ciel humide rien que pour vous voir.

Clara jeta un regard en biais à Macha et vit qu'elle tenait un billet de vingt euros. Elle lâcha son épi de blé puis se rendit derrière sa caisse en tendant la main vers Macha.

— Ou que tu aies besoin d'un peu de monnaie.

Macha lui tendit son billet dans un soupir fabriqué. Clara ouvrit sa caisse.

— File-moi toutes tes pièces d'un euro !

— Exigeante en plus.

Macha tourna la tête et croisa son reflet dans le miroir de la coiffeuse.

— Si on veut des résultats, il le faut ma cocotte.

— Beurk ! Qu'est-ce que c'est laid ce mot « cocotte ».

— Je me mets dans l'ambiance de ton nouveau thème.

Macha se tourna pour s'admirer sous toutes les coutures, puis fit la moue. Elle sembla soudain se parler à elle-même.

— De l'exigence, j'en ai peut-être manqué en choisissant mon mari.

Clara fouilla dans sa caisse pour faire le tri parmi sa monnaie.

— T'en as pas marre de toujours le critiquer ?

Jérémy désigna ses yeux avec ses deux index puis montra Macha.

— C'est vrai ça, quand est-ce que tu nous le présentes ?

Macha détourna son regard du miroir. Une rougeur subite lui envahit le visage. Elle éluda complètement la question et lança hâtivement :

— Tu crois que je devrais me faire tirer ?

Surpris par ce que venait de lâcher Macha, Jérémy s'enfonça une agrafe dans le doigt. Il agita son doigt et le porta aussitôt à ses lèvres.

Macha secoua la tête.

— Le visage, je parle du visage !

Clara leva les yeux au ciel.

— Ben, v'là autre chose !

La porte de la boutique s'ouvrit, laissant entrer une délicieuse odeur de parfum : c'était lui, le client aux roses. Trempé de la tête aux pieds, il secoua sa tête en lançant un bonjour, frais, enjoué, puis frotta son manteau. Clara sourit, elle ressentait un vrai plaisir à le voir, comme une surprise réussie. Depuis sa première apparition, trois semaines s'étaient écoulées. Clara avait eu le temps de digérer cette histoire. Bien sûr, elle avait un peu repensé à lui, il avait tout de même chatouillé son cœur, mais cette fois, elle était décidée à ne pas se laisser surprendre comme une gamine. Et puis, elle savait que ce genre de malentendu arrivait parfois entre les hommes et les femmes, c'était normal et il n'y avait pas de quoi s'attarder dessus. Certainement que ça traduisait son envie de ressentir à nouveau des vibrations et c'était tombé sur lui, voilà tout. Clara était plus que jamais déterminée à redevenir maîtresse d'elle-même. En le voyant, Clara ne fut pas embarrassée, elle était certaine que rien ne se produirait, persuadée que lorsqu'on ne veut pas de quelque chose, ça n'arrive pas ! Jérémy, qui continuait à agrafer ses pâquerettes sur un bout du comptoir, regarda Clara à la dérobée pour étudier de près sa couleur de peau. Macha haussa les sourcils en voyant le nouveau venu et se poussa légèrement sur le côté pour avoir une vue imprenable. Clara lui tendit sa monnaie mais, trop absorbée par la vision du client, Clara fut obligée de lui pincer le bras. L'homme secoua la tête et éclaboussa les alentours, sans le vouloir. Clara quitta sa caisse et sourit.

— C'est gentil à vous de vous soucier de mes fleurs, mais je vous assure que je m'occupe très bien d'elles et que je les arrose régulièrement.

Le client rehaussa une mèche et jeta un œil tout autour de lui pour mesurer ce qu'il venait de faire, il y avait de l'eau partout. Gêné, il porta une main à sa bouche.

— Oh mince, je suis vraiment désolé, je ne me suis pas rendu compte…

— Encore heureux, il manquerait plus que vous l'ayez fait exprès. Ce n'est rien, vous n'êtes pas responsable du temps et des dégâts qu'il entraîne. De plus, ça tombe bien, ma deuxième passion après les fleurs, c'est de passer la serpillière.

Il sortit un mouchoir de sa poche et s'essuya le visage avec.

— Dans ce cas, vous avez tout pour être heureuse !

Clara, occupée à sourire au client, ne perçut pas les regards complices et pleins de questionnement que se lançaient Macha et Jérémy.

— Rassurez-vous, je ne viens pas pour trouver un abri, je veux le plus beau bouquet de votre boutique.

En disant cela, il fit un tour sur lui-même pour jeter un œil à ce qu'elle avait à offrir.

Clara était fière d'elle, aucun trouble à l'horizon.

Tu vois, tu viens déjà d'échanger trois paroles avec lui et il ne se passe rien. Zéro réaction.

— Un autre rendez-vous ?

Il eut un petit sourire gêné et mit ses mains dans ses poches. Clara le trouvait très attendrissant, mettre ses mains dans ses poches ressemblait au geste de quelqu'un de peu sûr de lui qui cherche à se donner une contenance. Il n'y avait pas à dire, cet homme était séduisant.

Quoi, j'ai bien le droit de penser ça, ça n'engage à rien !

Macha s'accouda au comptoir et se posa, telle une spectatrice sous le charme d'une œuvre d'art.

— Le rendez-vous annulé la dernière fois a finalement eu lieu… nous jouons les prolongations.

En disant cela, il piqua un léger fard. Clara se pinça les lèvres.

Qui a osé monter la température de la pièce ? Je suis sûre que c'est un coup de Macha.

— Je vois. C'est pour une occasion spéciale ?

Macha regarda Jérémy et leva le pouce. Ce client avait tout pour lui plaire.

— C'est pour un anniversaire.

Le client surprit Jérémy, pouffant de rire, le regard fixé vers Macha. Il se retourna vers elle et pensa qu'il venait de lui prendre sa place.

— Oh, désolé, je crois que madame était là avant moi.

Macha se redressa.

— Merci, je ne suis pas là pour acheter, mais juste pour regarder.

En disant cela, elle le fixa franchement. Elle était loin d'être intimidée. Jérémy s'esclaffa de plus belle. Le regard du client passa de l'un à l'autre.

Clara se racla la gorge, comme pour rappeler les esprits à l'ordre.

— Trouvez-vous quelque chose à votre goût dans la boutique ?

Je parle des fleurs bien sûr.

— Ou bien souhaitez-vous un bouquet unique… pour quelqu'un d'unique ?

— La deuxième solution me semble être bien plus tentante.

Jeremy retrouva son sérieux puis s'approcha de Clara, un catalogue à la main.

— Nous avons tout un tas de modèles dans notre catalogue, peut-être qu'un de ceux-là vous plaira ?

— Non, je vous fais confiance. Enfin, évitez les rubans et les perles, je ne pense pas que ce soit sa tasse de thé. En revanche, sa couleur préférée, c'est le bleu.

— Vous ne voulez pas jeter un œil au catalogue ?

Le client secoua la tête.

— Non. Faîtes un bouquet comme… il hésita puis reprit, comme vous aimeriez qu'on vous offre.

Clara sentit comme une petite boule au fond de sa gorge. Les palpitations frappaient à la porte mais Clara refusait de leur ouvrir.

Le numéro que vous avez demandé n'est pas attribué actuellement, veuillez ne jamais rappeler.

Elle avait chaud et se gratta bêtement l'oreille.

— Très bien, pour quand le désirez-vous ?

— Eh bien, en fait, c'est pour ce soir ! Je sais, je m'y prends peut-être un peu trop tard.

Clara se dirigea vers son comptoir puis ouvrit son journal des commandes.

— Voilà qui est précipité, en effet. D'habitude, pour les bouquets sur commande, il faut un délai d'au moins une journée, voire plus, surtout que je ne suis pas certaine d'avoir tout sous la main pour vous confectionner ce qu'il y a de mieux.

Jérémy s'approcha alors de Clara et hocha la tête. Il posa son doigt sur un point précis du journal, puis fit rouler son index sur lui-même, pour dire que cela pouvait être remis plus tard.

— Oui, effectivement, on peut le repousser à demain.

Jérémy désigna alors un épi de blé, puis accrocha ses deux pouces ensemble avant de mouvoir ses autres doigts : le résultat donna une jolie imitation d'un oiseau en plein vol. Tous le regardaient faire, charmés.

Macha ne garda pas le silence très longtemps.

— Qu'est-ce qu'il raconte ?

Clara sourit tendrement et se tourna vers le client.

— Il vient de trouver le thème de votre bouquet : un bouquet champêtre.

Le client tapa dans ses mains, ravi.

— Parfait !

Clara répéta cette phrase sans grande conviction. Elle se sentait si triste tout à coup. Sa voix était basse, peu enjouée.

— Donnez-nous une bonne heure.

Macha sauta sur l'occasion et attrapa le client par le bras.

— Eh ! Si vous voulez un bon endroit pour attendre, il y a un salon de thé qui saura vous accueillir, juste à côté, j'en suis la patronne.

Le client regarda Macha et sourit, amusé par son empressement à vanter son salon.

Clara crut bon d'intervenir, après tout, c'était un client.

— Ne force pas monsieur à venir boire tes breuvages, surtout qu'il habite juste en face. Peut-être qu'il préférerait rentrer chez lui.

Le client ne laissa pas à Macha le temps de rétorquer.

— Pourquoi pas ! Ça fait un bail que je n'ai pas pris le temps de m'asseoir dans un bon café en ne faisant rien d'autre que d'observer les autres et rêvasser.

Macha lâcha son bras et ouvrit la marche jusqu'à la porte.

— Dans ce cas, suivez le guide !

— Je vous préviendrai dès que le bouquet sera prêt… Désolée d'aborder le côté moins poétique, vous désirez mettre jusqu'à combien financièrement ?

Il fit une moue qui laissait entendre que ça n'avait aucune importance.

— Le prix que vaut votre imagination.

Il quitta la boutique au bras de Macha puis adressa un signe de tête à Clara en souriant. Clara sentit ses jambes flageoler, elle était anéantie. Elle ne pouvait ignorer qu'en sa présence, elle ressentait de véritables secousses. Des secousses qu'elle espérait bien voir rester enfouies en elle. Elle se tourna vers Jérémy, espérant qu'il ne remarquerait rien… mais qu'y avait-il à remarquer ? Clara soupira et se concentra sur le bouquet à faire. Le travail avait toujours été sa défense la plus efficace. Le labeur était une drogue qui atténuait les tourments… et l'absence.

Il lui avait dit de faire un bouquet qui lui ferait plaisir, mais Clara n'aimait que les pensées… comment pourrait-il en être autrement ? C'est la seule fleur qui lui fait fondre le cœur : hier, maintenant et pour toujours. Tout en se lançant dans les prémices d'un bouquet champêtre, Clara s'évada quelques secondes pour aller à son tout premier anniversaire fêté avec Alexandre. Il l'avait emmenée dans un grand champ égayé par des pâquerettes. Il avait prévu un merveilleux pique-nique. Il y avait un peu de vin, beaucoup d'ivresse, quelques gâteaux à la crème et beaucoup de gourmandises. Ce moment était emprunt d'une vraie beauté. Tout dans ce lieu, dans cette simplicité, tout chez Alexandre laissait alors penser à Clara qu'elle était au moment crucial de son existence, ce moment où elle côtoyait son idéal… Alexandre n'avait qu'à se contenter d'être lui pour que Clara se sente bien. Elle songea à la magie de ces premiers instants où le sourire est un langage, où le sommeil et la faim n'ont plus qu'un rôle de survie, où enfin vous voilà pour quelques instants réconciliés avec la vie… À la fin de cette journée d'anniversaire, Alexandre lui avait offert une belle marguerite qu'elle n'eut pas besoin d'effeuiller pour connaître le mot de la fin.

Clara était une puriste. Quand elle aimait, c'était en grand. Alexandre représentait tout ce qu'elle attendait, tout ce qu'elle aimait, et jamais elle ne permettrait qu'il en soit autrement.

Elle dut se faire violence pour revenir à la réalité.

Clara et Jérémy composèrent le bouquet ensemble et ne furent dérangés qu'une seule fois pour l'achat d'une belle orchidée.

Une fois terminé, Jérémy considéra le bouquet puis mit une de ses mains sur son cœur en tapotant dessus.

— Tu as raison, ce bouquet est splendide.

En entrant dans le salon de thé de Macha, environ une heure plus tard après la commande du bouquet, Clara découvrit le client en plein flagrant délit de gourmandise. Il avait devant lui une belle assiette de gâteaux miniatures, tous plus appétissants les uns que les autres.

— On dirait que Macha a gagné un bon client.

Il releva la tête, lâcha sa cuillère et sourit.

— Et moi un bon kilo.

— Votre bouquet est prêt. Je ne l'ai pas amené ici, je me suis dit que peut-être ça pourrait vous gêner.

Il pencha son buste en direction de Clara et s'adressa à elle dans un murmure :

— Vous avez bien fait. Une femme qui apporte un bouquet de fleurs à un homme installé dans un salon de thé, qui plus est, est en train de manger quelques douceurs, ça pourrait nuire à ma réputation de mâle dominant.

Clara éclata de rire. Il lui désigna la chaise devant lui.

— Vous avez bien cinq minutes, le temps que je termine.

Est-ce bien raisonnable ?

Clara hésita et balaya la salle du regard. Depuis combien de temps n'avait-elle pas mis les pieds ici ? Elle n'aurait su le dire avec précision. Elle chercha Macha comme si elle avait besoin de son approbation. Elle la

32

découvrit sortant de la cuisine avec un plateau rempli de bonnes choses à grignoter qui allaient trouver leur place dans la vitrine. C'est alors que son regard se faufila pour atterrir sur un fauteuil vide qu'elle fixa de longues secondes. Le client interrompit le cours de ses pensées.

— Je ne vous oblige à rien, prenez ça comme de la politesse.

Clara eut un léger sursaut, elle était si loin... En croisant le regard du client qui l'observait étrangement, elle rougit.

Tu rougis bien trop facilement avec lui, bécasse.

Clara prit place face à lui et cacha ses yeux derrière le menu qu'elle connaissait par cœur.

— Vous avez été rapide.

Clara lâcha la carte et devint rouge pivoine.

— À m'asseoir ?

Evan sourit malgré lui.

— Non, à faire le bouquet.

Mais oui bien sûr, à faire le bouquet ! C'est ça, continue à t'enfoncer et faire la ravissante idiote. Ignore ce sourire appétissant et tout ira bien.

— Oui, question d'habitude. Je pense que votre amoureuse sera enchantée.

— C'est tout ce que j'avais envie d'entendre. Elle aime tellement les fleurs... vous risquez de me voir souvent.

Clara ne savait pas si elle devait se réjouir de cette annonce.

Il prit sa serviette pour s'essuyer la bouche et lui tendit sa main.

— Evan !

Clara le regarda avec un air hébété et mit du temps à comprendre qu'il était en train de lui donner son prénom. Elle lui tendit à son tour sa main et au contact de la sienne, elle sentit des frissons monter tout le long de son corps.

Elle chuchota son prénom, comme si son souffle s'arrêtait.

— Clara.

Elle retira sa main si prestement qu'Evan ne put que remarquer cette attitude maladroite.

Eh voilà ! Pourquoi tu te promènes pas avec une pancarte avec écrit dessus : « Vous me plaisez ! » Ça t'évitera d'avoir des suées pour rien.

Il lui tendit son assiette.

— Vous en voulez ?

Elle secoua la tête.

— Non merci.

Un silence de plomb s'abattit. On aurait entendu une mouche voler. D'habitude, Clara n'éprouvait aucune gêne à laisser le silence s'installer entre elle et les autres, mais là, il lui était insupportable.

Clara aurait voulu colorer cet instant avec des mots, n'importe lesquels, qu'ils soient vrais ou factices, mais elle ne savait pas quoi dire, elle était bloquée et se sentait très mal à l'aise. Elle aurait voulu fuir, que cet instant s'arrête. C'était une torture.

Intuition féminine ou pas, Macha eut la bonne idée de les rejoindre. Elle déposa une tasse de café devant Clara.

— Heureuse de te revoir ici !

En disant cela, elle posa une main réconfortante sur l'épaule de Clara.

Il était évident qu'entre ces deux femmes il y avait une complicité, un profond respect. Clara gratifia Macha d'un sourire. Macha décocha alors un coup de coude à Clara en fixant l'assiette posée devant Evan.

— Tu as vu comme je les bichonne mes clients ?

Clara attrapa affectueusement Macha par la taille

et répliqua :

— On dirait que tu bichonnes aussi ton portefeuille…

Macha plissa les yeux. Les flèches empoisonnées étaient prêtes à partir.

— Poison !

Macha s'éloigna puis fit une halte avant de se retourner et de boucler cet instant en lançant un clin d'œil à Clara.

— J'ai l'impression qu'entre vous, il y a une véritable entente.

Clara continuait de suivre Macha du regard.

— Oui. On se connaît depuis trois ans maintenant. Elle m'apporte un café tous les matins et moi, je lui donne quelques fleurs de temps à autre. On s'apprécie beaucoup.

Ses yeux abandonnèrent Macha pour amarrer les yeux d'Evan.

Allez, vas-y, plonge, mais surtout, respire. Tu te sens troublée ? Eh bien dis-toi que ce ne sont que des yeux. Tout le monde a des yeux. Même un teckel.

Clara laissa échapper un rire en imaginant la tête d'un teckel greffée sur le corps d'Evan.

— Vous repensez à un souvenir avec Macha ?

Sauvée. Merci Evan.

— Oui, c'est bien ça.

Clara cessa d'afficher un visage rieur et changea de tactique. Elle fit un effort pour ouvrir grand ses yeux, comme si elle refusait à ses paupières la possibilité de cligner. Il était facile de constater que ce regard manquait de naturel. On aurait dit une méthode accélérée pour empêcher l'arrivée des rides, mais pas pour empêcher d'avoir l'air ridicule. Elle remarqua assez vite qu'Evan la regardait étrangement.

— Qu'y a-t-il ?

Il hésita.

— Je vous trouve drôle.

Drôle ! C'est positif, ça ? T'es en train de passer pour une illuminée alors remets-toi sur les rails.

— Drôle dans le genre bizarre ou…

— Non, dans le genre, peu commune, amusante.

Je vais garder peu commune, ça me plaît. En attendant, essaye de reprendre un air normal et d'avoir une discussion simple et banale.

— Vous savez que je suis fleuriste et vous, vous faites quoi dans la vie ?

— Je suis publicitaire. Je suis chargé de trouver les bonnes accroches.

— Ça doit être intéressant.

Tout en le fixant, Clara caressa le contour de sa tasse en amassant avec son doigt les traînées de café. Ça offrait une occupation autre que regarder les yeux d'Evan.

— Ça l'est, pour moi en tout cas, mais tout dépend du produit. En ce moment, ce sont les boules Quies.

— Hum, pas très sexy !

Clara frotta le bout de son nez et y étala, sans s'en rendre compte, des traces de café. Evan l'observa, amusé.

— Vous avez du café sur votre nez.

Clara ferma les yeux, agacée par cette accumulation de maladresses. Elle attrapa d'un geste brusque une serviette en papier pour nettoyer ses méfaits.

— C'est moi ça, toujours à faire des expériences !

Evan semblait s'amuser de cette représentation. Il but d'un trait son restant de café et préféra changer de sujet, certainement pour ne pas mettre Clara plus mal à l'aise.

— Ça fait longtemps que vous êtes fleuriste ?

— J'ai ma propre boutique depuis trois ans. Il y a

un temps où j'étais une bonne cliente ici, et puis un jour, j'ai repéré le local d'à côté…

Clara lâcha sa serviette et repoussa sa tasse.

— Et c'est là que vous avez décidé de vous lancer ?

Clara baissa la tête et tortilla ses doigts nerveusement. En fait, c'était Alexandre qui l'avait encouragée. Ensemble, ils avaient décidé de sauter le pas. Lui allait ouvrir sa pâtisserie et elle sa boutique de fleurs. Sans lui, certainement qu'elle n'aurait jamais osé.

Clara glissa un coup d'œil furtif en direction de Macha qui l'observait discrètement.

Elle se sentit tout à coup de nouveau mal. Ce lieu… Alexandre. Elle préféra couper court à cet instant et se leva d'un bond.

— Désolée mais je dois y aller. Je ne peux pas trop m'absenter.

Evan sembla surpris par cette fin de conversation abrupte.

— Entendu. Et il est temps de voir le chef-d'œuvre.

En découvrant le bouquet, Evan émit un sifflement. Quelques fagots de blé mêlés à des œillets et des margots et vous aviez un résultat remarquable.

— Waouh ! C'est tout à fait bluffant. Simple et sophistiqué à la fois, j'adore ! Ce bouquet est digne de servir de modèle pour un peintre.

— C'est Jérémy qui en a eu l'idée.

Evan hocha la tête et le remercia.

— Ce bouquet… c'est elle ! Elle va l'adorer. Merci d'avoir répondu à mon attente au pied levé.

Evan les remercia pour la énième fois puis paya. Avant de quitter les lieux, il s'attarda sur Clara de longues secondes, installant un silence dans lequel il glissa plusieurs interprétations possibles. Parce qu'il la trouvait drôle et qu'il appréciait que quelqu'un puisse autant le divertir ou parce qu'il décelait chez elle un trouble qui le flattait.

Inutile de chercher. Dans le genre grotesque, tu as récolté la mention « très bien ».

Il finit par tirer sa révérence comme un gamin trop pressé d'offrir un cadeau qu'il était certain de voir apprécié. Il avait tout de l'homme amoureux.

Clara tapota gentiment l'épaule gauche de Jérémy.

— Bravo, tu as eu du flair.

Jérémy était satisfait et il avait de quoi l'être.

Clara pouvait enfin respirer, l'épreuve était passée. Mais ça ne pouvait pas se passer ainsi à chaque fois qu'il allait débarquer dans sa boutique.

Ce soir-là, en fermant le rideau de fer, Clara s'attarda sur le trottoir. L'immeuble d'en face avait toute son attention. C'était un petit immeuble de quatre étages avec de larges terrasses. Il était ancien, chic, et la nuit tombante avait obligé quelques appartements à s'éclairer. Clara imaginait Evan installé chez lui bien au chaud.

Oh, mais non, Il ne doit pas être là, certainement qu'il a emmené sa fiancée dans un restaurant pour fêter son anniversaire.

Elle était presque envieuse de cet instant de partage. Poussée par une pulsion subite, elle décida de se rendre jusqu'à son immeuble. La raison était simple, elle souhaitait connaître son nom. Pour le moment, elle préféra ne pas s'embarrasser de questions sur ce qui la poussait à agir ainsi.

Heureusement, il n'y avait pas beaucoup de locataires, donc très peu de noms inscrits sur l'interphone. Clara découvrit très rapidement ce qu'elle cherchait :

Evan Balladier. La seule vision de ce nom suffit à Clara pour sentir sa fragilité. Sur sa route apparaissait une nouvelle porte qu'elle souhaitait à tout prix laisser fermée. Mais elle aurait pu mettre tous les verrous du monde, cela ne l'empêchait pas de voir s'échapper de cette porte des traits de lumière et des courants d'air chauds. Elle réalisa soudain ce qu'elle était en train de faire et prit peur… elle eut peur de se faire surprendre, peur de le croiser… peur d'elle-même. Elle redressa le col de son manteau et précipita son pas. Elle s'éloigna la tête baissée, honteuse, comme si ses pensées étaient lisibles par tous et pouvaient arriver jusqu'à Evan… ou bien pire, jusqu'à Alexandre.

Clara décida de faire un détour avant de rentrer. Sur le chemin, elle s'arrêta dans un petit parc public qu'elle connaissait bien. La nuit avait fait fuir le monde et les quelques lampadaires allumés tremblaient légèrement en raison d'un vent furieux. C'était un petit parc, à peine boisé. Au centre, il y avait une fontaine, usée, sèche. Clara l'enviait secrètement car elle avait cessé de pleurer depuis bien longtemps. Malgré la fraîcheur et la nuit, Clara prit place sur un banc et fixa un point à l'horizon. La nuit ne l'inquiétait pas. Elle s'était habituée à elle. Elle immobilisa toute pensée, comme pour mieux vider sa tête et laisser ce lieu lui parler… Ce fut si violent qu'elle laissa échapper un cri qui se transforma en sanglot. Elle répéta inlassablement :

— Je n'peux pas, je n'veux pas…

Le lieu avait parlé.

Cette nuit-là, Clara se serra très fort contre Alexandre, puis glissa son visage dans son cou. Cette odeur l'attirait irrémédiablement, comme le parfum délicat et envoûtant d'une rose. Elle savourait la fragrance de l'homme qu'elle aimait. Puis elle le regarda longtemps dormir. Quand elle était auprès de lui, le temps n'existait pas.

Il avait l'air calme, apaisé, rien sur son visage et dans son sommeil ne laissait paraître la moindre contrariété. Elle aurait voulu qu'il se réveille, la prenne dans ses bras, l'étreigne, la rassure et lui dise : « Je suis là, on s'aime et il ne peut rien nous arriver. » Mais au lieu de ça, Clara devait puiser toute sa force en elle pour se rassurer. Elle finit par fermer les yeux, suppliant le sommeil de venir la chercher, mais sa venue fut longue et Clara sombra dans des pensées obscures, elle savait que tout pouvait leur arriver, même le pire. Alexandre aurait dû comprendre ce qui se préparait… mais après tout, peut-être le savait-il déjà ?

Pour se distraire, Clara avait commencé sa matinée par faire des sondages débiles à destination des minettes qui avaient besoin de se rassurer. Vous savez, ce genre de sondages qui vous tombaient dans les mains sans que vous sachiez comment. Et toujours sans savoir par quel miracle, vous vous mettiez à cocher des cases les unes après les autres, pressée de savoir à quelle conclusion cet exercice manuel allait vous mener.

« Que n'aimez-vous pas chez un homme ? – Le mensonge – La grossièreté – qu'il se néglige. »

Comme s'il fallait faire un choix. Aucune des trois réponses n'est recevable.

« Lors de votre première rencontre, quelle a été votre impression ? – Vous avez senti que vous l'attiriez – Vous l'avez trouvé pas mal, sans plus – Vous avez ressenti quelque chose de fort, comme une évidence. »

Et si c'est tout ça à la fois, on fait comment ? Et quand on ne sait pas la réponse ?

Êtes-vous pour ou contre l'arrêt des sondages ? POUUUURRR !

Vite ! Je dois trouver une autre activité qui redore mon

image. Ah, je sais !

Clara trouvait souvent du réconfort dans l'achat compulsif qu'elle pratiquait régulièrement. Ce qui lui valait bien souvent des regrets. Clara avait décidé de se promener sur la fameuse place du Tertre, illustre lieu parisien où se réunissent les peintres... et les touristes.

Clara se laissa tenter par l'achat d'une peinture représentant des mimosas et se retrouva, sans l'avoir vraiment décidé, avec un flacon d'élixir floral.

Pour la peinture, Clara eut un véritable coup de cœur, ce qui était loin d'être le cas concernant son créateur.

Quand on dit qu'on connaît l'arbre à son fruit, foutaises.

Elle trouvait ce peintre d'une prétention sans limite :

« Mes peintures sont admirées par tous. Les gens viennent du monde entier pour voir mes toiles... »

Waouh, je ne savais pas que Narcisse était revenu à la vie.

Son regard à l'égard des exposants qui l'entouraient n'était que turpitude.

Il faut réellement que je craque sur cette peinture pour passer outre le caractère méprisant de cet homme.

Mais ça faisait assez longtemps que Clara souhaitait exposer des peintures dans sa boutique et voilà que l'occasion lui était donnée. Elle n'avait plus qu'à espérer que l'ombre de son créateur et son caractère désobligeant ne viendraient pas interférer sur le plaisir d'appréciation de son œuvre.

Son deuxième achat, l'élixir fait de marronnier blanc, elle se l'était fait refourguer, il n'y avait pas d'autre mot, par un beau parleur.

Clara n'était pas une adepte de ces méthodes « soignez-vous par les plantes » mais après tout, pourquoi pas, elles avaient fait leurs preuves, paraît-il. Le vendeur avait tout un étal d'élixirs, chacun soignant un symptôme différent.

— Est-ce que vous avez quelque chose contre les pensées obsédantes ?

Bien sûr, Clara avait dit ça en plaisantant, mais déjà le vendeur lui tendait un flacon.

— Oui. C'est à base de marronnier blanc.

Il se paye ma tête ou quoi ? Ça existe vraiment ? Oh et puis zut, personne ne le saura.

Et peut-être que ça effacera cet intrus d'Evan.

Clara était tout de même ravie de n'avoir qu'un jour de congé dans la semaine, cela lui évitait probablement de faire des trous dans son budget.

Clara s'aperçut qu'elle avait oublié ses clefs. Elle pesta contre elle et se rendit à sa boutique où un double l'attendait.

Je ne sais pas où j'ai la tête des fois, enfin si.

Elle venait d'arriver et ne put ignorer la présence de cet immeuble dont l'ombre gagnait un peu plus de terrain chaque jour pour grignoter le peu de soleil qui brillait sur « La Fine Fleur ».

Difficile de chasser une idée obsédante quand votre obsession se trouve tout à côté de vous. Mais qu'est-ce que tu dis ? Evan n'est pas du tout une obsession, c'est une diversion, une erreur de casting… un malaise.

Une fois dans sa boutique, Clara posa son tableau dans un coin, remettant à plus tard de lui trouver une place définitive. Attirée par un mouvement dans la rue, Clara tourna la tête et c'est là qu'elle le vit. Son cœur ne fit qu'un bond. Elle aperçut Evan qui sortait de son immeuble et se dirigeait droit vers la boutique. Clara n'avait pas allumé puisqu'elle était censée être fermée. Elle recula jusqu'à l'entrée de la réserve pour être sûre de ne pas être vue. Evan traversa et jeta un bref coup d'œil en direction de « La Fine Fleur » avant de disparaître dans la rue.

Clara porta sa main à son cœur puis, sans réfléchir, elle s'empara de son sac et se mit à suivre Evan.

C'est mal ce que tu fais Clara… Oh, tais-toi ! Je veux juste le voir, le regarder, savoir où il va. Ça ne sortira pas de ma tête.

Clara ne pouvait pas se contrôler. Elle était en train de céder à une pulsion qui la torturait. Evan l'attirait autant qu'il la révulsait : elle détestait ressentir ça.

L'allure d'Evan était rapide et pour ne pas le perdre de vue, Clara dut légèrement courir. Heureusement, il y avait du monde dehors, ce qui limitait le risque qu'elle se fasse surprendre. Elle ne le suivit que quelques mètres car bientôt il disparut dans la bouche du métro. Clara s'arrêta là. Sa curiosité avait des limites… et sa bêtise aussi.

Clara était essoufflée. Bien sûr, la course n'avait rien à voir avec cet essoufflement. Elle s'assit sur une bouche d'incendie pour reprendre ses esprits.

Mais qu'est-ce que tu fais ?

Clara était en train de perdre pied. Et en l'instant, elle ne trouva qu'une seule chose à faire. Elle extirpa de son sac le flacon d'élixir et le but d'un trait.

3. Un dîner

Une fois par semaine, Clara se rendait à Rungis, le palais des fleurs. Son réveil sonnait à quatre heures du matin et Clara, comme beaucoup d'êtres humains, n'avait jamais aucune compassion pour cet objet familier. Et plutôt que de le remercier pour son aide précieuse, elle l'assommait régulièrement avec des coups. Le réveil devenait alors un grand voyageur, explorant la pièce sous différents angles. Clara regrettait aussitôt cette violence, non par égard envers l'objet mais plutôt par peur qu'il ne marche plus. Quand elle constatait qu'il fonctionnait toujours, elle souriait, soulagée.

T'es pas rancunier, toi ! À quand une association pour la défense des réveils battus ?

À Rungis, Clara faisait le tour de ses fournisseurs attitrés, jetait un œil sur la marchandise et les prix pratiqués. Elle aimait ce lieu qui lui apportait un moment de plénitude. Ici, elle avait le sentiment de retrouver l'essence même de sa personne, de redevenir la petite fille qu'elle était. Elle était la reine et pouvait choisir toutes les fleurs qu'elle désirait, envisager tous les bouquets. Enfin, la réalité avait quand même son mot à dire car pas question de nourrir abusivement la poubelle. Il fallait faire en fonction de l'état des ventes. Clara se permettait, de temps en temps, quelques exubérances, mais la plupart du temps, elle partait essentiellement sur du classique. Sa boutique marchait assez bien mais il fallait reconnaître que ses ventes étaient assez irrégulières, jouer de prudence était donc la meilleure chose à faire. Le choix des fleurs et des plantes était étudié et se décidait aussi en fonction du calendrier. Le mois de mai pointait le bout de son nez et avec lui le muguet.

Alors qu'elle s'hypnotisait devant des capucines, son œil se heurta soudain à la blancheur de roses éclatantes. Il n'en fallut guère plus pour qu'Evan s'invite.

Non, non, non, pas question ! Ouste, du balai !

Mais Clara n'entendait pas le laisser s'immiscer à la moindre occasion. Il fallait qu'elle réagisse, alors elle prit une décision : désormais, dès qu'elle le croiserait, elle se ferait plus froide.

Quitte à perdre un client et à l'envoyer sur les roses.

Clara sourit et s'amusa de son jeu de mots idiot qui relevait plus de la nervosité que du bon goût. Soudain, une bourrasque se souleva. Clara tourna la tête et vit un tourbillon de prospectus virevolter dans sa direction. Un Japonais courait après, tentant désespérément de les attraper tous au vol. Clara décida de l'aider et s'invita dans ce ballet impromptu. Clara récupéra une poignée de papiers qu'elle tendit à l'homme.

L'homme hocha la tête un nombre incalculable de fois et la gratifia d'un sourire.

— Merci, merci…

— De rien. De rien. Vous feriez mieux de mettre un objet lourd dessus. Ce ne sont pas les courants d'air qui manquent ici.

L'homme attrapa un prospectus sous la pile, un propre, qu'il tendit à Clara.

— Pour.vous.

Il s'éclipsa sans en ajouter davantage. Les Asiatiques n'étaient pas économes, c'est juste qu'ils ne parlaient que lorsqu'ils avaient quelque chose à dire.

Nous ferions bien d'en prendre de la graine quelquefois.

Clara jeta un œil au papier qu'il lui avait remis. Cela concernait un stage d'ikebana. L'ikebana est un art traditionnel japonais basé sur la composition florale. L'ikebana, c'est la voie des fleurs.

Il était encore tôt et le petit jour se levait à peine. Clara aurait pu rentrer chez elle et s'offrir une heure de sommeil mais il était hors de question pour elle de retrouver la froideur de son lit, elle préférait celle offerte par le temps. Le lampadaire installé tout près de « La Fine Fleur » était encore allumé. Clara en profita pour s'installer sur sa chaise de jardin et s'enfiler un petit café accompagné d'un gâteau sec de préférence, histoire de repousser l'envie d'en reprendre un autre. Elle en profita pour jeter un œil à la gazette des fleurs « Fleur magazine ».

— Au moins, ils ne se sont pas attrapés un mal de crâne pour trouver le nom de cette revue.

Clara découvrit un article qui eut toute son attention. Ça concernait un sondage.

Eh oui, même les fleurs ont leurs sondages.

Ce récent sondage avait mis au jour que les fleurs rendaient de bonne humeur. Clara releva la tête, ravie, et regarda ses brins de muguet encore installés dans un seau d'eau et dont le parfum donnait à ce début de journée une réelle douceur.

— Votre talent est enfin reconnu mes jolies !

Le camion poubelle passa dans la rue et s'arrêta tout près de la boutique. Clara salua de la main un des éboueurs qui venait prendre ses détritus. Clara fit alors une légère moue puis consulta à nouveau ses muguets.

— Navrée les filles, au concours des senteurs, vous n'avez pas le dernier mot !

Clara pinça son nez jusqu'à ce que le camion s'éloigne et les odeurs avec.

Clara fit tout pour ignorer cet immeuble devant elle qui prenait l'image de la tentation, de l'interdit. Heureusement, un bruit émanant de la réalité vint briser ce songe. Clara tourna la tête et vit Macha à quatre pattes en train de ramasser ses effets personnels éparpillés un peu partout. Clara attrapa son café et la rejoignit. Elle s'accroupit et commença à donner un coup de main à son amie.

— Vous vous êtes donné le mot ou quoi ? Tu es déjà la deuxième personne que j'aide depuis ce matin. Qu'est-ce que vous avez tous à perdre vos affaires ?

Macha garda la tête baissée.

— On est peut-être pas bien réveillé.

— T'es matinale aujourd'hui.

Macha renifla et évita de regarder Clara.

— J'ai des trucs à faire.

Clara soupçonna un malaise. Son ton n'avait rien d'habituel. Elle lui tendit un carnet. Macha le prit en relevant légèrement la tête. Clara remarqua les yeux rouges et humides de Macha.

— Tout va bien Macha ?

Macha se redressa, s'essuyant le nez avec un mouchoir en papier. Elle accompagna sa réponse d'un sourire forcé.

— Oui, c'est mon allergie.

Clara hésita quelques secondes entre en rester là avec cette excuse improbable ou bien insister.

— Quelle allergie ?

Macha rentra sa clé dans la serrure et refusa de toute évidence de répondre.

— Désolée Clara, le boulot m'attend.

Il n'en était rien, Macha ne venait jamais aussi tôt. Elle ouvrit la porte du salon.

En trois années, c'est la première fois que Clara voyait Macha aussi effacée, mélancolique. Clara tenta de détendre l'atmosphère.

— Tu as oublié tes ressorts à la maison ?

Macha resta muette, se contentant de grimacer un

sourire. Clara insista, inquiète.

— Je rentre avec toi ? Il est encore tôt.

Macha secoua la tête et caressa délicatement la joue de Clara.

— Tu es adorable mais ça va aller, je maîtrise.

Clara n'avait aucune envie de laisser son amie seule et si mal en point, mais elle ne pouvait pas la forcer à parler. Elle était bien placée pour savoir que certaines souffrances demandaient juste du temps et du silence. Elle acheva toutefois ce moment par une petite note d'espoir.

— Sache que si tu veux parler de ton… allergie ou autre chose, je ne suis pas loin.

Macha hocha la tête, le cœur à sourire n'était même pas là. Elle referma la porte derrière elle sans un mot d'esprit, sans un regard. Clara resta muette, décontenancée par la vision d'une Macha anéantie.

Clara retourna à sa boutique, bouleversée.

Elle but une gorgée de son café et n'y prit soudain plus aucun plaisir. Elle le trouva très amer.

Un peu plus tard dans la matinée, occupée à faire son étiquetage, Clara vit débouler Macha. Elle resta plantée là, quelques secondes, la main crispée sur la poignée de la porte. Son regard était trouble. Comme un bateau qui aperçoit un phare et qui hésite encore entre prendre sa direction ou bien sombrer. Elle avait le visage blême. Sa souffrance était palpable et Clara en ressentit un frisson dans tout le corps.

Macha lâcha alors sans avertissement :

— Mon mari me trompe !

Macha ne cessait de toucher le brin de muguet que Clara venait de lui offrir. Elle le faisait tournoyer entre ses doigts, sans vraiment le distinguer. Après cette annonce perturbante, Clara avait pensé qu'il serait agréable de se réconforter devant un bol de chocolat et tant qu'à faire en terrain neutre, c'est-à-dire pas dans le salon de Macha mais dans une petite brasserie qui se trouvait à deux rues de leurs boutiques. Macha avait suivi Clara sans rien dire. Elle aurait pu l'emmener n'importe où que Macha n'en aurait rien vu, ici ou ailleurs... Quand on est en peine, plus rien ne se dessine vraiment devant vous.

La brasserie était remplie de travailleurs en train de se donner du courage pour la journée. Clara et Macha avaient pris place dans un box, à l'abri des regards. Devant elles, une corbeille de croissants testait leur résistance, mais la souffrance n'a jamais été l'alliée de la gourmandise. En voyant Macha fixer le muguet, le regard morne, Clara repensait à ce sondage qui prétendait que les fleurs rendaient de bonne humeur. OK, il fallait se rendre à l'évidence, c'était vrai à condition que tout vous sourie déjà.

Clara posa sa main sur celle de Macha et se décida à aborder sa douleur.

— Tu le sais depuis quand ?

Macha releva enfin la tête et posa le muguet sur la table.

— Depuis longtemps...

Elle but une gorgée de son chocolat puis regarda autour d'elle pour s'assurer que personne ne pouvait l'entendre. Clara la rassura.

— T'inquiète pas, nous sommes tranquilles ici.

— ... Je le sais depuis six mois mais ça dure depuis plus. Il était soi-disant en week-end, un stage imposé par son boulot. Ça semblait si peu l'enchanter, que j'ai voulu lui faire une surprise et le rejoindre, et cette surprise, c'est moi qui l'ai eue.

Macha fit une pause. Elle évitait le regard de Clara, comme si elle avait honte, comme si c'était elle qui trompait. Elle était si lasse.

— Je l'ai aperçu bras dessus, bras dessous avec… elle.

Clara allait ouvrir la bouche mais Macha l'arrêta en levant sa main.

— Je t'en prie, épargne-moi le côté, t'es sûre que tu ne te trompes pas, c'était peut-être sa petite-cousine ou la fille qu'il a eue avec une autre.

Clara en conclut que cette femme devait être jeune.

— Et tu gardes ça pour toi depuis tout ce temps ? Pourquoi t'imposer cet enfer ?

— Parce que l'enfer, ce serait qu'il s'en aille…

Macha chercha ses mots.

— À son âge, ce genre d'histoire peut arriver.

Macha porta sa main sur son cœur.

— Je sais qu'il va revenir parce que c'est moi qu'il aime, elle, c'est un amusement, une jolie fleur.

La certitude de Macha surprit Clara. Avant de connaître la situation, si on lui avait demandé son avis sur la réaction de Macha, elle l'aurait plutôt imaginée virant son mari à coups de pied dans le derrière.

Finalement, on ne connaît des gens que ce qu'ils veulent nous montrer.

— Comment tu fais pour garder tout ça pour toi ? Le voir faire comme si de rien n'était et savoir qu'il te ment…

Macha haussa les épaules.

— Lui dire, ce serait le mettre devant sa faiblesse et le forcer insidieusement à faire un choix.

— Mais puisque c'est toi qu'il aime, le choix est tout fait, non ?

Macha fut déstabilisée et ses yeux devinrent deux grosses billes. Puis elle secoua tristement la tête.

— Oui, mais ce n'est pas si simple… je ne veux pas qu'il revienne vers moi à cinquante pour cent seulement.

Clara regarda Macha et vit pour la première fois, une femme blessée, rien à voir avec l'image qu'elle donnait d'habitude, le roc avait laissé place à du cristal qui pouvait se briser au moindre choc. Clara soupira. Elle se sentait impuissante.

Macha poursuivit du même ton monocorde.

— Bien sûr que c'est dur, je suis passée par tous les sentiments… du mépris au dégoût… mais une fois que ta fierté a encaissé le coup, tu vois ce qu'il te reste à l'intérieur de toi, ce que tu ressens vraiment.

— Et toi, tu as vu que tu aimais profondément ton mari ?

Macha hocha la tête.

— J'essaye de comprendre… de le comprendre. C'est une épreuve douloureuse…

Macha détourna la tête, submergée par les larmes. Clara lui caressa le bras. Il n'y avait rien à dire, rien à faire.

Macha essuya une larme puis s'offrit un petit tête-à-tête de quelques secondes avec son chocolat chaud.

— Tu as bien fait de m'en parler. Mais il faut tout de même une sacrée dose de courage pour ne rien dire et continuer.

Macha acquiesça de la tête et s'enquit :

— Le courage, c'est la moindre des choses quand on aime, pas vrai ?

Clara opina. Macha afficha alors un sourire ironique.

— Mon image en prend un coup ?

— Quelle idée ! Au contraire, ça te rend plus humaine.

Clara attrapa les deux mains de Macha et les serra très fort.

— Et je vois une putain de sacrée bonne femme !

Macha décrocha enfin un vrai sourire et regarda

Clara franchement pour la première fois depuis le début de leur conversation. Clara pensa qu'il était temps d'exercer enfin son rôle d'amie et de passer à la phase réconfort. Donner son avis sans se faire juge.

— Ta réaction n'a rien de pathétique, crois-moi.

— C'est vrai, tu le penses ?

— Oui, je crois que je te comprends, même si je ne suis pas sûre qu'à ta place j'aurais réagi de la même façon.

— Mais si Alexandre avait…

Macha s'arrêta subitement, le visage décomposé.

— Oh, quelle idiote je suis. Je te prie de m'excuser. C'est déjà assez dur et moi…

— Ce n'est rien, t'es déboussolée.

Macha secoua la tête, mécontente d'elle.

— Pardonne-moi !

Clara approcha son visage de celui de Macha.

— Je te dis que c'est rien. Écoute-moi. Si tu l'aimes si fort et que pour toi, cela n'est qu'un… incident…

Un incident ? Voilà qu'elle replaçait ce mot.

Finalement, à bien y réfléchir, cette maîtresse tout comme Evan ne représentaient rien de plus que ça, des incidents. Ça ne comptait pas… Et si ces rencontres n'avaient que pour but de tester l'amour ? Oui, c'est ça, comme l'avait si bien dit Macha, c'était une épreuve et il fallait faire les bons choix.

Oui, mais ces incidents avaient tout de même le pouvoir de vous réveiller ou de vous anéantir.

Clara poursuivit :

— … Si c'est ce que tu ressens au fond de toi, alors tu as raison de l'attendre.

Clara s'absentait rarement de la boutique en pleine journée, non pas qu'elle ne faisait pas confiance à

Jérémy mais son mutisme n'était pas toujours évident à vivre face aux clients, donc quand elle s'absentait, elle le faisait rapidement. La matinée avait été riche en émotions et Clara n'avait pas toute sa tête. Le moment difficile que vivait Macha la touchait beaucoup et avait des résonances. Clara ne pouvait envisager la souffrance d'Alexandre s'il venait à découvrir ce qu'elle ressentait pour un autre. Même si ce n'était que de l'ordre de l'attirance, c'était déjà trop. Elle ne pouvait s'empêcher de culpabiliser. En ce moment, c'était elle la traîtresse, la méchante, et ça la mettait dans tous ses états. Comment avait-elle pu commettre cet acte de trahison ? Elle ne pouvait pas leur faire ça. Elle se dégoûtait.

Tout ça l'ébranlait et Clara avait vraiment besoin de s'aérer un peu. Elle s'était donc proposé d'aller acheter des menues « cochonneries » avec graisses à volonté pour le déjeuner. Alors qu'elle prenait le chemin du retour, les bras remplis de victuailles que Clara regretterait d'avoir achetées aussitôt les premières bouchées ingurgitées, elle aperçut Evan rentrer dans sa boutique.

Oh non, pas lui ! C'est fait exprès ou quoi !

Elle stoppa sa marche alors que son cœur accéléra la sienne. Il était hors de question de le voir là maintenant, elle ne le voulait vraiment pas. En même temps, elle ne pouvait pas rester là à faire du surplace. L'expression était toute trouvée.

Clara maudit vraiment le jour où ce type était entré dans sa boutique.

Tu es une véritable girouette. C'est toi qui, il y a quelques jours, avais entrepris de le suivre, t'étais chopé un mal de ventre en ingurgitant un flacon entier de potion à base de fleurs… Pathétique Clara !

Elle en avait plus qu'assez de passer du chaud au froid, du désir à la colère. Le changement de température n'avait rien de bon pour les personnes un peu fragiles.

Clara pressa le pas. Il lui fallait à tout prix s'éloigner. Elle marcha de plus en plus vite, faisant trébucher ses pensées. Soudain, elle sentit un bras l'attraper. Clara sursauta et se retourna vivement. Il n'y avait personne, la rue était complètement déserte. Personne près d'elle, ni à quelques mètres. La rue était noyée dans le silence et avait quelque chose d'étrange.

Je ne suis pas folle… j'ai bien senti qu'on m'attrapait.

Elle regarda partout et prit un temps pour réfléchir à ce qui venait de lui arriver. Elle n'avait entendu aucun bruit de pas derrière elle, ni une porte se refermer dans les immeubles tout proches, des fois que quelqu'un ait décidé de lui jouer un tour. Pour le coup, c'était son imagination qui semblait se jouer d'elle. C'est alors que deux gamins apparurent au coin de la rue et vinrent dans sa direction comme deux furies. Une petite fille courait après un garçon en pleurnichant. Ils s'arrêtèrent à quelques mètres de Clara sans lui prêter la moindre attention. La petite fille se faisait suppliante.

— Rends-moi mon trèfle !

Le garçon, borné, narguait sa cadette. Il leva le bras, de sorte de placer le trèfle hors de portée de la fillette.

— Viens le chercher !

La petite fille essuya ses yeux secs.

— Donne-le-moi ! C'est moi qui l'ai trouvé.

—   Ben, viens le prendre, qu'est-ce qui t'en empêche ?

La petite fille avait beau tendre le bras et redoubler d'efforts, elle restait trop petite pour atteindre l'objet tant désiré.

Cette fois, la petite fille avait de vrais yeux humides.

— T'es méchant ! T'es tellement nul que t'es même pas capable d'en trouver un, toi. M'en fiche, de toute façon, je vais le dire à maman.

Elle courut et passa tout près de Clara sans le moindre regard pour elle. Elle s'engouffra alors dans un immeuble, poursuivie par son frère dont l'expression du visage avait soudainement changé.

— Non, attends ! Tiens, je te le rends, dis rien s'il te plaît, c'était pour rire.

Le garçon disparut à son tour dans l'immeuble. Après cette scène courante de chamaillerie entre un frère et une sœur, le silence reprit son règne et Clara resta un peu déboussolée. Clara considéra ce qui venait de se produire.

Cette scène avait quelque chose d'inédit. C'est bizarre, on aurait dit que ces enfants ne me voyaient pas.

En même temps, Clara connaissait la capacité des enfants à cloisonner leur monde et exclure l'adulte qui ne saurait pas se mettre à leur portée.

Une main qui l'agrippe, ces enfants... c'est comme si cette main avait voulu qu'elle s'arrête là et qu'elle assiste à cette scène. Mais pourquoi ?

Au lieu de l'apeurer, cela l'apaisa.

Clara abandonna là ce fait et orienta à nouveau ses pensées vers ce qui la faisait fuir.

Tu ne pourras pas toujours vivre avec une vérité que tu n'es pas prête à assumer. Faire blocus à tes émotions n'a rien de sain.

Elle repensa alors à Macha et se demanda combien de temps elle pourrait encore tenir et souffrir.

Clara se rendit au parc public.

Il avait une tout autre allure en plein jour. Le soleil attirait le monde et la joie débordait. Les adolescents grignotaient leurs sandwichs en se chahutant, des enfants s'amusaient dans l'aire de jeux, un couple d'amoureux se bécotait. Ici, la vie rayonnait et happait Clara dans son sillage.

Clara attendit plus d'une demi-heure avant de

retourner à « La Fine Fleur ». Elle culpabilisait par rapport à Jérémy mais elle ne pouvait pas faire autrement, elle lui dirait qu'il y avait du monde. Elle s'approcha de la boutique en proie à une fébrilité pesante. Elle espérait qu'Evan ne l'aurait pas attendue… Son côté raisonnable lui disait que le voir maintenant serait compliqué. Alors que l'idiote en elle n'attendait que ça. Elle entra et constata son absence.

Soulagement et regret entrèrent alors en conflit. Un duel haut en couleur où aucun des deux ne réussit à se départager. Clara allait devoir être vigilante, connaissant bien ces deux lascars, elle savait qu'ils n'allaient pas en rester là si facilement.

Comme tout cela est harassant !

Bien sûr, la plupart des femmes auraient laissé ce sentiment s'installer et faire ce qu'il y avait à faire. Un pincement au cœur ne devait-il pas toujours être le bienvenu ? Il avait certainement sa raison d'être. Oui, mais tout cela dépendait du rapport qu'on entretenait avec la trahison.

Clara posa les sachets du déjeuner sur la petite table de la réserve.

— Désolée, il y avait du monde.

Affamé, Jérémy tapa dans ses mains, les yeux ressortant de la tête. Clara sourit en voyant ce visage qui ne cachait rien de ses envies.

— Il te manque plus que de la bave sur le coin des lèvres.

Clara était fascinée par cette génération incapable de mâcher. Ils faisaient deux bouchées de leurs repas. Ça semblait impossible pour eux de prendre leur temps et d'apprécier. Bon, il fallait reconnaître que le menu de ce midi ne présentait rien d'attrayant et n'avait d'autre utilité que de se sustenter.

— Des clients en mon absence ?

Jérémy hocha la tête et lui tendit son carnet. Puis, estimant que Clara mettait du temps à sortir les plats du sachet, il prit les devant et étala tout sur la table.

Clara se mit à lire à haute voix ce qu'il avait griffonné sur son carnet :

— Le client qui habite en face est revenu. Il a pris du muguet, a semblé surpris de ne pas te voir…

Jérémy s'ouvrit une canette pleine de gaz.

Clara imaginait Jérémy jubiler en la voyant lire ça. Elle ne se trompait pas. Elle aurait bien aimé décoller ce sourire niais affiché sur ses lèvres.

Clara poursuivit sa lecture :

— … Il a commandé un chemin de table pour samedi. Comme d'hab, il fait confiance. Il veut des fleurs rouges pour aller avec la déco de la table.

Jérémy commença à piocher dans ses frites.

— Parfait. Cette fois, il s'y prend à l'avance.

Clara reprit :

— On doit le livrer vers dix-sept heures.

Elle releva le nez du carnet en faisant rouler ses yeux.

— Hein ? ! C'est quoi cette histoire ?

Jérémy prit un air détaché et haussa les épaules.

— Mais tu sais bien qu'on ne fait pas de livraison ! Pourquoi tu ne lui as pas dit ?

Jérémy ouvrit sa bouche puis leva les paumes de ses mains vers le ciel, faisant comprendre à Clara, au cas où elle ne l'aurait pas remarqué, qu'il était muet.

Ce petit brin d'ironie mit Clara en rogne. Elle vira au rouge.

— Ne joue pas à ça avec moi Jérémy ! Tu sais qu'on ne livre pas ! En plus, il est à deux pas d'ici, il peut bien bouger ses fesses et venir chercher son truc.

Jérémy resta médusé par la fureur de Clara. Il ne l'avait jamais vue ainsi. Jérémy sortit plusieurs billets de sa poche.

— Je m'en fiche qu'il ait payé plus. Ce n'est pas la question.

Elle croisa les bras, son visage était crispé. Puis elle regarda à nouveau les billets que Jérémy venait de sortir de sa poche.

— Dis donc, tu peux m'expliquer ce que l'argent du bouquet fait dans ta poche ?

Jérémy s'avança vers la caisse et tapa dessus.

— Encore coincée ? Ben voyons !

Clara tapa dans ses mains, excédée, et bougonna de plus belle :

— On a des règles, bon sang ! En plus, c'est moi qui vais m'y coller vu que toi tu ne peux pas t'annoncer à l'interphone !

Ça ressemblait à du reproche, mais ça n'en était pas. C'était juste la colère qui parlait.

Clara avait une boule dans la gorge. Elle était angoissée.

Jérémy tortilla sa bouche, embarrassé par cette situation qu'il avait créée. Il quitta la réserve et Clara s'en voulut aussitôt de s'être mise dans cet état, cette réaction anormale la mettait dans une position encore plus suspecte, celle de quelqu'un qui a quelque chose à cacher.

Oh, bon sang, mais pourquoi je n'arrive pas à prendre les choses plus légèrement… Bon, réfléchissons, il me suffit simplement de l'appeler et d'annuler…

Clara n'était plus certaine que l'ignorer, l'éviter ou se faire distante étaient les meilleures solutions. Ça demandait une telle énergie de nier une émotion.

Clara se passa le visage sous l'eau et sa colère retomba. Elle s'assit, piqua une frite et présenta ses excuses à Jérémy qui se trouvait toujours dans la boutique.

— Pardonne-moi, je ne voulais pas te parler mal,

et encore moins m'en prendre à toi, mais je suis assez énervée en ce moment.

Ne le voyant toujours pas revenir, Clara s'inquiéta :

— Tu es fâché ?

Jérémy réapparut alors avec une rose jaune dans ses mains. Il l'offrit à Clara, ce qui eut le mérite de la détendre. Elle éclata de rire.

— Dites-le avec des fleurs ! Mais tu as tout faux. La rose jaune s'offre pour se faire pardonner ses infidélités, pas ses maladresses de jeunesse.

Il écrivit à nouveau sur le carnet et le tendit à Clara.

— Je ne sais pas pourquoi j'ai dit OK pour la livraison. J'ai senti qu'il le fallait.

Clara fut touchée de la tendresse avec laquelle Jérémy la regardait.

— Tu as senti qu'il le fallait ?

Jérémy hocha la tête.

— Alors d'après toi, je ne devrais pas annuler ?

Jérémy haussa les épaules. Clara resta songeuse quelques secondes, se perdant dans les pétales ouverts de sa rose jaune. Puis, sans savoir pour quelle raison, elle repensa à la scène à laquelle elle avait assisté, celle où des enfants se disputaient le trèfle. Une superstition dit que si on en place un, sous son oreiller, aucun fantôme ni mauvais rêve ne viendra troubler votre sommeil. Mais trouver un trèfle à quatre feuilles, c'était surtout très positif. Plus elle y repensait et plus cette scène l'intriguait. Elle avait quelque chose de surnaturel.

Clara sourit à Jérémy qui l'observait toujours.

— Tu ne parles pas mais tu vois juste.

Ce soir-là, allongée sur son divan, Clara écoutait déjà pour la troisième fois le bref message laissé par Alexandre sur le répondeur :

— Désolé ma puce, je serai en retard, ne m'attends pas pour dîner.

Pour que le temps paraisse moins long et moins désagréable, elle avait entrepris la relecture de son roman fétiche : La Dame aux camélias. Elle était extrêmement touchée par l'agonie de Marguerite Gauthier, qui vivait continuellement avec le regret de ce qui aurait pu être.

Mais la lecture devenait difficile tant son esprit était incapable de rester concentré très longtemps.

Sa tête n'était plus qu'un récipient rempli d'ingrédients avec lesquels elle était incapable de créer la moindre recette.

Finalement, elle renonça à Marguerite pour se reporter sur Evan.

Clara avait réfléchi, repensé, essayé de viser juste. Et elle avait convenu que c'était peut-être une bonne chose qu'elle se rende chez Evan. Elle pourrait ainsi affronter sa peur et lui faire face.

Pour que le mal ne vous ronge plus, il faut le laisser faire son chemin et non l'emprisonner.

Pas de faux-semblant, elle ne tricherait pas avec son ressenti. Le verdict serait peut-être terrible à accepter et n'irait peut-être pas dans le sens qu'elle le souhaitait, mais c'était la seule façon de se débarrasser de ça.

Clara se redressa brusquement, elle venait d'entendre un bruit sur son palier.

Était-ce Alexandre ? Non…

Elle épiait le moindre bruit, un peu comme les enfants qui résistent au sommeil pour apercevoir leur héros du 25 décembre. Et comme les enfants, Clara finit par s'endormir sans l'avoir vu.

Clara se réveilla le regard brumeux et le corps humide. Elle tâtonna les draps du côté d'Alexandre et se tourna vivement. Le lit était vide, froid. Elle se redressa brusquement et sauta du lit pour se rendre à la fenêtre. Elle venait juste de rater son départ.

Clara eut le temps d'apercevoir sa silhouette se dessiner au bas de la rue. Elle sentit son cœur se déchirer et eut envie de crier son nom, mais eu lieu de ça, elle ne fit rien d'autre que le regarder s'éloigner et le voir disparaître de sa vue.

Clara se rassit sur le bord du lit et sentit son cœur s'emballer effrontément. Son cœur ne cesserait-il donc jamais de lui faire mal ? En souffrance, il aspirait toute son énergie… enfin presque, car Clara trouva tout de même la force d'attraper avec rage le portrait posé sur la table de nuit et qui les représentait tous les deux. Ils étaient collés l'un à l'autre, assis derrière une table sur laquelle rayonnait une pensée orange. Sans jeter le moindre regard au portrait, Clara le rangea dans le tiroir. Il fallait respirer, elle le devait…

— Qu'est-ce que je vais bien pouvoir me mettre ?

Clara passait en revue ses vêtements, tous en train d'étouffer dans une armoire devenue trop petite pour eux. Elle tenta d'en décoller deux et tomba, par surprise, sur une petite robe fleurie aux allures de printemps qu'elle sembla voir pour la première fois.

— Eh ! T'es sacrément jolie, toi, pas étonnant que j'aie eu envie de t'acheter… un jour.

Clara était réellement incapable de se souvenir à quand remontait son coup de foudre pour cette robe jamais mise. Elle glissa dedans et s'admira dans la glace en poussant un soupir de contentement. Ça irait. Maquillage, pas maquillage ? Discret alors. Oui, voilà bien la façon dont elle devait se comporter avec Evan, discrètement.

Ce sont les fleurs que tu livres, pas toi !

Clara resta de longues secondes devant l'entrée de son immeuble, serrant contre elle le centre de table soigneusement emballé dans son carton. Elle était prête à prendre la température de son cœur. Clara essaya de se convaincre une dernière fois.

Tout ceci n'était que de l'ordre du fantasme, un engouement exagéré. Et comme chacun le sait, les fantasmes s'évanouissent dès lors qu'on s'en approche de trop près. Tu vas voir Clara, tout ça va finir par disparaître.

Elle respira un grand coup et sonna à l'interphone.

Sésame, ouvre-toi !

Clara était justement curieuse de savoir si elle avait rendez-vous avec un trésor ou avec du toc.

Un grésillement précéda l'ouverture de la porte.

Les mains moites faisaient leur apparition mais Clara les ignora. Elle se regarda dans le miroir du hall de l'immeuble. Son reflet n'avait plus rien de semblable à celui vu chez elle précédemment. Là, elle n'y voyait qu'une toute petite créature fatiguée.

Clara sortait de l'ascenseur quand elle entendit une porte s'ouvrir sur sa gauche. Evan apparut dans l'embrasure et lui fit signe d'approcher.

— Venez, c'est par ici.

Il arrosa Clara d'un sourire, ce qui eut pour effet de la mettre immédiatement en situation. Elle était liquéfiée. Il la fit entrer dans un modeste couloir puis referma la porte derrière elle avant de s'éclipser en s'excusant.

— Désolé, j'ai quelque chose sur le feu, mais entrez !

Clara fut surprise, elle n'avait pas prévu d'entrer. Mais c'était l'occasion d'approfondir un peu plus son étude. Elle hésita quelques secondes puis s'avança vers le salon.

Une odeur appétissante vint immédiatement chatouiller ses narines. Evan la rejoignit aussitôt.

— Alors, voilà la merveille !

Clara, perchée dans ses nuages, prit pendant quelques instants ce compliment pour elle, avant de se rendre compte qu'il parlait du carton qu'elle tenait.

— Oh ! Heu, oui en effet.

Si tu pouvais éviter d'avoir l'air gourde cette fois, ce serait bien.

Elle tendit le carton à Evan qui s'empressa de le déballer. Pendant qu'il s'affairait, elle l'observa discrètement. Il portait un tablier qui lui allait à ravir, ça lui donnait un côté sexy.

C'est dingue ce que j'ai chaud d'un seul coup.

Clara était nerveuse, non par crainte qu'il n'apprécie pas le bouquet, mais par sa présence. Ça, c'était au moins une chose acquise, face à lui elle retrouvait ses quinze ans et… elle avait surtout très chaud.

Ça pouvait être pratique quand votre chauffage vous lâchait, mais là, je boirais bien un verre d'eau.

— J'espère que ça vous plaira.

— J'en suis sûr.

Evan dévoila un centre de table fait de callas blanc, de feuillages avec une prédominance à roses rouges.

— Tout simplement sublime ! Les roses rouges…

Il la regarda avec un petit sourire en coin, comme pour lui signifier qu'il se rappelait de leur première conversation.

— Eh oui, j'ai pensé que vous deviez être en plein dans la passion… les premiers mois sont ainsi faits.

Evan hocha la tête et posa le centre de table là où il avait sa place.

— Vous, vous connaissez la vie. Je peux vous dire que Lucie va encore être sous le charme.

Ainsi elle s'appelait Lucie.

Il approcha son nez des roses.

— Hum… et en plus, elles sentent bon. Je dois avouer que ce parfum est très agréable.

— Selon la légende, c'est Dionysos qui aurait donné ce parfum à la rose.

Evan posa sur elle un regard interrogateur.

— Dionysos, le dieu grec ?

— Oui, pas le groupe de rock.

Evan rougit légèrement et sourit. Clara éclata de rire.

— Évidemment, je suis bête !

— Vous êtes tout excusé. En fait, ils se sont mis à plusieurs dieux pour créer la rose. Mais c'est toute une aventure, et ce serait trop long à vous expliquer. De plus, je ne suis pas sûre que cela vous intéresse.

— Euh… si.

Pas très convaincant.

— OK, je remballe mes histoires.

Evan essaya de se rattraper.

— Vous venez déjà de m'offrir une anecdote, une de plus et j'aurais l'impression d'abuser. C'est déjà très gentil à vous. Imaginez comme je vais avoir l'air intelligent ce soir lorsque j'annoncerai que c'est Dionysos qui a créé le parfum de la rose. Je risque d'en mettre plus d'un mal à l'aise avec mon érudition.

Cette petite distraction sur la rose permit à Clara de se détendre. Elle posa un regard plein de tendresse sur ses fleurs.

Merci mes chéries.

— Vous recevez beaucoup d'invités ce soir ?

— Non, ce sera en petit comité. Nous serons quatre. Je rencontre pour la première fois le frère de Lucie et sa meilleure amie.

— Ah. Vous passez à la vitesse supérieure.

— Avec son lot de stress, oui.

— Et son lot de questions, j'imagine. Comme : « Vais-je être à la hauteur ? »

— C'est exactement ça ! C'est idiot, on a toujours l'impression de passer un test dans ces moments-là, comme si notre vie en dépendait.

Clara lança un regard plein de malice en direction de son centre de table.

— En tout cas, question décoration de table, on ne pourra rien vous reprocher, c'est impeccable.

Evan sourit.

— Je suis bien d'accord avec vous.

Dans quelques heures, ses fleurs seraient témoins du bonheur. Autour d'elles, il y aurait des rires, des regards complices.

Clara se souvint quand elle avait présenté Alexandre à ses parents pour la première fois. Tous deux avaient mis la main à la pâte et avaient concocté un délicieux repas. C'était le mélange des senteurs qui avait marqué Clara. Un pot-pourri fait d'oignons, d'herbes de Provence, de fleur d'oranger. Si elle se concentrait un peu, elle était capable de ressentir avec exactitude toutes ces fusions d'odeur. Elle se rappelait également du dessert d'Alexandre : des fleurs en pâte d'amande. C'est souvent qu'il lui rendait hommage avec ses gâteaux.

Ce moment de pur bonheur lui semblait encore si présent.

Les heureuses années ne s'effacent jamais.

Clara se reprit et trouva la force de s'extraire de ce passé qui guettait la moindre occasion pour la plonger dans la morosité.

Evan sembla soudain se rappeler qu'il avait quelque chose sur le feu.

— Oh, mince, faut que je surveille ma cuisson ! Attendez un peu, d'accord ?

Clara regarda sa montre. Il était dix-sept heures et elle ne comptait pas s'éterniser.

Evan, craignant un refus, prit les devants.

— Vous devez êtes pressée et moi aussi, mais je voudrais vous faire goûter mon cocktail maison et vous êtes la seule personne que j'aie sous la main.

Clara ne s'offusqua pas de cette expression malheureuse.

— Vous buvez, j'espère ?

Evan disparut dans la cuisine, ce qui ne l'empêcha pas de continuer à parler durant tout ce temps.

— Je vous explique. Sans aucune vantardise, je suis le spécialiste des cocktails, mais ne connaissant pas le goût de mes invités, j'en ai fait un nouveau, un peu plus doux. C'est très important pour moi d'avoir un avis.

— Si c'est pour sauver votre honneur, alors j'accepte. Même si j'avoue ne pas y connaître grand-chose en cocktails.

— Oh merci. Vous êtes ma sauveuse ! Vous n'aurez qu'à vous laisser guider par vos sens.

Bonne idée. Mais si je le faisais vraiment, je courrais à la catastrophe.

— Je n'en ai que pour quelques minutes.

Clara commença à laisser traîner son regard dans le salon qui lui semblait jusqu'alors ne pas exister. Il était sommairement meublé mais ordonné.

— J'ai remarqué que votre prénom avait une consonance étrangère ?

— Oui, ma mère est anglaise et mon père français. Malheureusement pour nous, c'est maman qui adorait faire la cuisine.

Clara sourit et s'approcha de la fenêtre. Elle l'ouvrit pour admirer la vue. Elle poussa un petit cri. Elle avait presque oublié que sa boutique se trouvait juste en face. C'était étrange de la voir sous cet angle. Ce qui apparaissait devant elle ne la décevait en aucun point.

Clara bascula sa tête en arrière et respira profondément, elle se sentait bien et maîtrisait la situation, bien plus qu'elle ne l'aurait imaginé.

Désormais, elle savait. C'était évident qu'Evan lui plaisait. Elle était heureuse d'être là et de faire ce constat. C'est ce qu'elle voulait, que les choses ne restent pas dans sa tête et trouvent enfin un nom. Là, en l'occurrence, elle leur avait donné le nom de désir. Et ce mot-là avait pour elle quelque chose de rassurant. Le désir passe toujours… voilà la raison pour laquelle Clara se sentait apaisée. Elle savait qu'il ne se passerait jamais rien entre eux. Le désir n'a jamais l'apparence du réel, c'est un feu de paille, une illusion.

Evan réapparut sur le balcon avec ce sourire que Clara détestait adorer.

— Alors, je ne vous ai pas menti quand je vous ai dit que nous étions voisins. C'est une chance, en pleine ville, d'avoir une si jolie vue.

En disant cela, il regarda Clara avec ses yeux pénétrants. Un esprit sous influence aurait pu penser qu'il parlait d'elle et non de la boutique. Clara laissa glisser un sourire sur ses lèvres. Elle ne ressentait aucun malaise. Elle était juste confinée dans un silence qui lui faisait apprécier l'instant présent sans se poser de questions.

— Alors Evan, on le goûte ce cocktail ?
— Jus de goyave, crème de coco, rhum et curaçao.

Clara sentit les effluves du cocktail.

— Si je devais m'arrêter à cette étape, je mettrais déjà une bonne note.

Clara but quelques gorgées et laissa le goût s'emparer de son palais avant d'annoncer son verdict.

— Délicieusement bon. Ni trop fort, ni trop sucré. Le dosage est parfait ! En tout cas, pour moi.

Evan chercha à s'assurer de la véracité de cette réponse.

— Ça vous plaît, réellement ?

— Je vous assure ! En plus, c'est frais, fruité, tout ce que j'aime ! Quel est son nom ?

Evan ouvrit grand les yeux. Visiblement, il ne s'attendait pas à cette question.

— Un nom ? Pour être franc, je n'ai pas songé à lui en donner un. Que suggérez-vous ?

Clara observa le fond de son verre.

— Que diriez-vous de… Evan…

Puis elle plongea son regard dans celui d'Evan. Cette vue sembla l'inspirer davantage.

— … Evan… Evanescence ?

Evan resta bouche bée. Le coup de foudre existe aussi pour les idées.

— C'est tout simplement génial ! Où est-ce que vous avez pêché ça ?

Clara frappa un petit coup sur sa caboche. En fait, elle n'avait pas à chercher loin, c'est ce qu'Evan représentait pour elle, une image qui ne pouvait entrer dans son monde et qui finirait par s'évanouir.

— Vendu ! Evanescence, ça me plaît.

— Je peux vous demander ce que vous préparez ?

— Pintade caramélisée aux figues.

— Hum, l'intitulé donne déjà l'eau à la bouche.

— Je me suis cassé la tête pour trouver une recette qui me convienne.

Clara hocha la tête et sourit malicieusement.

— Et vous brûlez votre plat principal régulièrement ou c'est une exception ?

Evan ne tilta pas immédiatement. Clara lui désigna sa cuisine avec son index et prit un air désolé. Le visage d'Evan devint tout blême, l'information venait d'arriver jusqu'à son cerveau. Il posa son verre sur la table et fila en catastrophe jusqu'à sa cuisine.

— Oh, c'est pas vrai, où est-ce que j'ai la tête ?

— Votre cocktail n'est peut-être pas aussi doux que ça, finalement.

À moins que ce soit moi qui te fasse cet effet.

— Pas de bobos ?

— Non, heureusement.

Il revint avec le visage rouge.

— Grâce à vous, j'ai évité le pire, merci. Je suis incapable de faire plusieurs choses en même temps.

Il finit son cocktail d'un trait.

— Et chez vous, qui occupe la place derrière les fourneaux ?

— Moi et… mon…

Clara s'arrêta et fit semblant de chercher ses mots. En réalité, elle ne souhaitait pas que la discussion prenne cette direction.

— Ah, vous aussi vous avez ce problème.

Clara écarquilla les yeux.

— Quel problème ?

— Vous ne savez pas comment appeler celui qui fait vibrer votre cœur. Moi j'hésite toujours, ma copine, bof, c'est pas une copine…

Clara renchérit.

— Oui et compagnon, ça fait animalier.

— Vous êtes mariée ?

Il insiste. Je ne veux pas parler d'Alexandre.

Clara secoua la tête.

— Non. Mais uniquement parce que le mot mari ne me séduit pas davantage.

Vite Clara, trouve quelque chose avant qu'il continue.

Soudain son regard attrapa au vol un collier de fleurs posé sur un petit meuble.

— Ce sont des fleurs de tiaré ?

Evan fit quelques pas et s'empara du collier.

— Oui, c'est Lucie qui les fabrique. Elle est tahitienne. Elle connaît son sujet.

— Ah, je comprends tout. Hôtesse de l'air, Tahitienne. Je parie que vous vous êtes rencontrés dans les airs ?

— On ne peut rien vous cacher.

— Et vous n'êtes plus jamais redescendus.

— C'est tout à fait ça. Je ne suis pas du genre entreprenant mais quand je l'ai vue… enfin, vous savez, j'imagine.

Clara appréciait sa pudeur. Sa façon de ne pas aller trop loin dans ses explications.

— Oui, je sais.

Moi aussi quand j'ai vu Alexandre… et quand je t'ai vu… non, idiote, ça n'a rien à voir.

Evan lui tendit le collier.

— Tenez, il est à vous.

— Oh non, c'est impossible !

— Si, prenez-le ! Lucie en fabrique plein et les offre à tout le monde. Si je lui dis que je l'ai offert à une fleuriste en son nom, elle sera ravie. D'ailleurs, j'essaierai de passer avec elle un de ces jours, pour vous la présenter.

Euh, je ne sais pas si c'est une bonne idée mais avec le temps, je pense que ça deviendra inévitable.

Clara attrapa le collier sans rien dire. C'était déjà la deuxième fois qu'il lui offrait des fleurs, sans jamais réellement le désirer. La première fois, à la suite d'un rendez-vous manqué. Et cette fois, grâce à l'élue de son cœur, passionnée de fleurs. Et si ça voulait dire quelque chose ?

— Vous êtes sûr ?

— Certain.

— Merci beaucoup. C'est vraiment gentil et ça me touche énormément. Vous la remercierez pour moi.

— Je le ferai volontiers ! Ça fait longtemps que vous

êtes avec votre compagnon ?

Non, non, non… il faut que je m'en aille.

— Oui, enfin, non… Cinq ans.

Le regard de Clara était fuyant. Elle recommençait à se sentir mal à l'aise.

— Et que fait-il dans la vie ?

Tais-toi, ne parle pas d'Alexandre. C'est à vous…

— Il est pâtissier.

— C'est un beau métier. Et j'imagine qu'il doit vous gâter.

C'en était trop pour Clara.

— Désolée mais je vais devoir vous laisser.

Clara vida son verre et le tendit à Evan.

— Merci pour ces saveurs.

— Non, merci à vous. Vous m'avez été d'une grande aide.

Alors qu'elle prenait le chemin du couloir, elle s'arrêta brusquement. Elle venait d'apercevoir une pensée posée sur une commode. Une seule fleur installée dans un petit vase de fortune, un verre à liqueur.

Clara abandonna son masque de gaieté. Evan remarqua aussitôt son changement d'expression.

— Ça ne va pas ?

Clara balbutia :

— C'est une pensée…

— Oui, je l'ai vue sur le sol l'autre jour en revenant du travail et, je ne sais pas pourquoi, j'ai eu envie de la ramasser. Ce n'est pourtant pas mon habitude, mais… je me suis dit que ça ferait une heureuse.

Clara crut qu'on lui avait planté un poignard dans le cœur. Elle regarda Evan et eut une terrible envie de l'embrasser. Et c'est ce qu'elle fit. Sans réfléchir, elle se jeta à son cou et posa ses lèvres brûlantes sur les siennes. Evan ne réagit pas, probablement surpris. Ce baiser ne dura que quelques secondes, des secondes qui acheminèrent Clara dans un rêve. Ce rêve que Clara acheva en ouvrant les yeux pour constater que la réalité avait un autre visage. Elle aperçut avec effroi qu'elle n'embrassait pas Alexandre. Elle recula en portant sa main sur ses lèvres, effrayée, triste, tremblante. Evan resta stupéfait et ne trouva rien à dire. Ce fut Clara qui s'exprima :

— Pardonnez-moi !

Clara s'enfuit en courant, choquée par ce qu'elle venait de faire. Plus aucune image ne venait jusqu'à elle, plus un mot, plus une réflexion. Elle semblait glisser dans le néant. C'est comme si elle venait elle-même de s'assener un grand coup sur la tête. Mais c'est peut-être ce qui lui fallait pour enfin comprendre qu'Evan ne serait jamais Alexandre… Alexandre, Alexandre, Alexandre…

En rentrant chez elle, elle déposa le collier de fleurs de tiaré autour de la pensée malade puis, rompue de fatigue, ne se rendant plus compte de rien, elle s'endormit.

Cette nuit-là, Clara rêva qu'elle était allongée sur un parterre de roses quand soudain elle aperçut un homme à côté d'elle, tout vêtu de blanc, qui ramassait une bague. Cet homme, elle ne le connaissait pas, mais sa présence ne l'effrayait pas.

— C'est mon alliance qui est tombée, lui dit Clara.

Au lieu de lui rendre sa bague, l'homme enleva la sienne et lui tendit l'objet.

— Tenez, prenez la mienne.

Clara la prit sans la moindre hésitation, comme si c'était normal et la mit à son doigt. C'était une bague toute colorée, qui n'avait rien à voir avec une alliance traditionnelle, mais Clara se sentit soudainement profondément en paix et heureuse. C'est comme si sa conscience lui montrait un bonheur que Clara était incapable de percevoir en étant éveillée.

Clara n'attendait aucune visite, aussi fut-elle surprise quand la sonnette d'entrée retentit. C'était son jour de congé et la fin de matinée. Ce qui signifiait que Clara était encore à traîner avec son peignoir troué et ses cheveux en bataille. Elle venait à peine de se lever et constata avec horreur que le visage que lui renvoyait le miroir était bien le sien. Elle avait les yeux gonflés et rouges.

À quelle heure est-ce que je me suis endormie déjà ? Pff ! Je n'ai plus qu'à espérer que la personne qui se trouve derrière la porte n'est pas un directeur de casting qui cherche un nouveau visage frais et lumineux, sinon ma carrière est foutue avant même d'avoir commencé.

Clara pinça ses joues pour essayer de se donner bonne mine.

L'invité mystère commençait à s'impatienter, insistant lourdement sur la sonnette.

Elle alla ouvrir et découvrit devant elle un homme épais, au visage rubicond, qui n'arrêtait pas de renifler. Clara remonta le col de son peignoir. Cet homme avait un âge indéfinissable et d'ailleurs, à bien y réfléchir, c'était un détail dont Clara se foutait. Cette image au saut du lit avait quelque chose de repoussant et donna à Clara envie de se recoucher.

— Bonjour.
— Salut !

Cet homme ne parlait pas, il braillait. Il renifla un petit coup, histoire de rendre le moment agréable. Clara sentait que cette rencontre n'allait pas être la plus marquante de toute sa vie.

— Je peux vous aider ?
— Je suis votre voisin, juste à côté. Ça fait pas long-

temps que j'ai emménagé et j'en ai ras-le-bol de vous entendre chialer.

— Pardon ?

— OK, c'est pas tous les jours mais hier, vous avez remis ça. Vous savez, les murs sont pas épais et quand vous piquez des crises, je capte tout.

Clara devint livide.

C'est quoi déjà la formule pour devenir invisible ?

— Oh, je… je…

L'homme s'essuya le nez avec le revers de sa manche. Ce geste ne répugna même pas Clara qui était trop gênée par ce qu'elle venait d'entendre. La veille, elle avait pleuré, c'est vrai, elle avait même cassé des objets, mais pas une seconde, elle ne s'était doutée que cela pouvait dépasser ses murs. Elle qui était si discrète et respectueuse, elle ne savait plus où se mettre.

— Écoutez, je suis extrêmement confuse. Je n'imaginais pas… ça ne se reproduira plus, je vous le promets.

Le type mit ses mains sur ses hanches et lui envoya un regard sévère.

— J'espère bien, parce que ça saoule d'entendre quelqu'un chouiner !

C'est dingue, ce type n'a même pas un gramme de sympathie sur lui. Ça ne lui viendrait même pas à l'idée de me demander pourquoi je suis dans cet état ou si j'ai besoin d'aide. Espèce d'abruti !

— Vous savez, on a tous nos moments difficiles. Je vous assure qu'il n'y aura pas de suite.

Clara lui referma la porte au nez, furieuse… Elle leva les yeux au ciel et s'arracha les cheveux.

C'est quand la prochaine fête des voisins, déjà ?

Elle se mit à sa fenêtre, le besoin de respirer était trop grand. Clara éprouvait de la colère. De la colère contre cet homme qui n'avait pas de manières, et contre elle pour avoir laissé un étranger entrer dans son intimité.

Elle regarda alors sa jardinière qui offrait un vrai spectacle de désolation. Les mauvaises herbes avaient gagné du terrain et empêchaient les hortensias de pousser.

Clara repoussa sa tête en arrière et prit une grande inspiration.

Ce type, aussi méprisable soit-il, avait raison. Sa douleur faisait beaucoup trop de bruit.

4. Une crémaillère

Sortir sans y être obligé ces jours-ci était réservé aux adorateurs de la sueur. L'été jouait son rôle à la perfection et bouclait juillet sans fausse note. Clara se préparait à sa fermeture annuelle. Ce soir-là, en quittant sa boutique, elle passa devant le salon de Macha et aperçut cette dernière occupée à balayer. Elle décida d'aller l'encourager.

— T'es encore là, toi ?

Macha releva la tête puis s'appuya sur son balai en poussant un immense soupir.

— J'en peux plus ! La température extérieure plus mes chaleurs internes, c'est explosif ! Et toi, t'en es où ?

Clara posa sur une table une belle corbeille de fruits et de fleurs.

— De mes chaleurs ?

Macha posa son balai contre un mur et souleva légèrement son tee-shirt cherchant désespérément un peu d'air frais.

— Non ! De ta fermeture.

— Demain, ménage et rangement. Et après, hop, tchao tout le monde !

Macha loucha sur la magnifique corbeille de Clara.

— C'est toi qui as fait ça ?

Clara sourit avec une pointe de fierté.

— Oui. Je l'ai terminée cette nuit. C'est pour Jérémy. Il m'a invitée à sa crémaillère.

Clara s'adossa contre la table.

— Ça risque d'être bourré d'ados mais bon, je ne peux pas ne pas y aller… c'est Jérémy !

— Bah, c'est pas toujours mauvais de fréquenter

la jeunesse, ça nous fait faire un plongeon dans le passé...

Clara fronça les yeux.

— Et bien souvent, ça nous navre à l'idée qu'on ait pu être comme ça.

— Ouais, on pense toujours qu'être craignos, c'est réservé aux autres. T'as soif ?

Clara regarda sa montre.

— Non, merci, je ne vais pas tarder.

Macha passa derrière son comptoir et attrapa une éponge. Clara la rejoignit.

— Je suis venue voir comment tu allais ?

Elle appuya son regard pour lui faire comprendre que sa question allait au-delà de la politesse.

Macha nettoyait des plaques de four. Elle y mettait de l'énergie.

— Tu l'as dit toi-même, il est vingt heures et alors que je pourrais faire ça demain, je suis toujours là.

Clara croisa ses bras.

— Qu'est-ce que tu fuis ? Ton mari ou toi ?

Macha ne répondit pas.

— Tu attends toujours ?

Macha fit une pause puis épongea son front avec le revers de sa main.

— Je t'ai déjà dit, je n'ai pas le choix.

Clara hocha la tête.

— C'est pour le meilleur et pour le pire.

— C'est pas ça. Ça va au-delà des conventions. Trente ans que nous sommes mariés, ça paraît immense pour certains, mais moi, je l'aime toujours autant. J'aime toujours être auprès de lui. Il n'y a que pour lui que j'ai envie d'être belle et c'est le seul que je veuille épater...

Clara s'abstint de dire quoi que ce soit. Elle se contenta de regarder les yeux sombres et tristes de son amie. Ses yeux n'avaient pas la couleur de ses mots.

Macha se pinça les lèvres, hésitant avant de continuer. Elle lâcha son éponge et regarda Clara droit dans les yeux.

— Et je suis sûre que ça lui déchire le cœur ce qu'il vit en ce moment... il ne peut pas résister et en même temps, nous faire ça doit le rendre terriblement malheureux.

Clara n'en revenait pas. Macha était à deux doigts de remettre la légion d'honneur à son mari.

— Eh ben ! Si ça, ce n'est pas aimer, alors je n'y connais rien.

Les yeux de Macha étaient remplis de larmes, mais elle était bien décidée à ne pas les laisser s'échapper.

— Oui, mais faut avouer que ça fait fichtrement mal.

Clara s'en voulait d'avoir amené cette conversation et d'ajouter davantage de peine à son amie.

La meilleure solution était de changer de conversation.

— Si t'es là pendant les vacances, on pourrait se faire un indien.

Le visage de Macha s'éclaira subitement. C'était Macha, passer très vite des rires aux larmes. Clara éclata de rire, tout en se dirigeant vers la table pour récupérer sa corbeille.

— Je parlais de nourriture.

Macha fit mine d'être déçue.

— Ah... Tu pars pendant les vacances ?

Clara se dirigea vers la porte, suivie de Macha.

— Je ne sais pas encore.

Partir une semaine, quelques jours avec Alexandre, Clara en rêvait.

— Et toi ?

— Je vais une semaine chez mon fils. Avec son père ?

Cette information n'est pas encore parvenue à mes oreilles.

Clara serra très fort Macha contre elle, en prenant soin de ne pas écraser sa corbeille, et lui souffla dans l'oreille :

— Tu as raison de faire ce que tu fais.

Macha se dégagea de son étreinte et sourit à Clara en lui lançant un regard reconnaissant. Elle était heureuse que quelqu'un lui donne raison, que quelqu'un la comprenne et ne la juge pas. Elle avait réellement besoin d'entendre ça.

Clara tenait à ce que Macha sache qu'elle était là pour elle.

— Tu peux m'appeler quand tu veux.

Macha hocha la tête. Clara ouvrit la porte, prête à partir, mais Macha lui souffla un dernier mot :

— Tiens au fait, ton client, tu sais le beau gosse que j'ai embarqué de force dans mon salon une fois.

— Evan ?

Macha esquissa un sourire.

— Ah, vous en êtes à échanger vos petits noms.

On a même échangé plus que ça, si tu savais.

Clara préféra garder cette information embarrassante pour elle. Elle se contenta de hausser les épaules.

— Il est passé prendre des gâteaux cette semaine et il a demandé de tes nouvelles.

Clara roula des yeux comme des billes.

— Et qu'est-ce que tu as dit ?

— Ben, rien, que tu allais bien, qu'est-ce que tu voulais que je dise ?

Macha pencha sa tête sur le côté et se mit à fixer Clara étrangement.

— Attends un peu ! Il se passe un truc ?

— Ben non, pourquoi tu demandes ça ?

Macha sonda son amie.

— Je ne sais pas… je te connais assez pour voir… qu'il y a un truc. Il te plaît, c'est ça ?

Clara lui déposa un baiser sur le front.

— Tu délires ! Bon allez, Jérémy m'attend.

Macha tapa dans ses mains, le regard brillant.

— C'est ça, il te plaît ! Oh, ne me dis pas qu'il s'est passé quelque chose entre vous ?

Clara envoya un petit signe de la main à Macha.

— Bye, bye, je te laisse à tes petits contes de fée.

Clara quitta le salon précipitamment, échappant aux questions de Macha.

Evan n'avait pas remis les pieds dans sa boutique depuis… le baiser. Clara se demandait si c'était parce qu'il n'avait rien à y faire ou parce qu'il l'évitait. Cette dernière raison était certainement celle qui se rapprochait le plus de la réalité.

Elle avait eu le temps de ruminer pendant les jours qui avaient suivi cet échange qui n'en était pas un. Qu'est-ce qui lui avait pris de se jeter au cou d'Evan. À force de revivre l'instant, elle était arrivée à la conclusion que c'était Alexandre qu'elle imaginait embrasser. OK, il y avait l'attirance pour Evan, mais jamais elle ne l'aurait embrassé si elle n'avait pas vu cette pensée, et l'émoi déjà bien présent l'avait aidée à s'abandonner à ce baiser. Ce baiser qui était pour Alexandre, pas pour Evan. C'était une sorte de transfert. Clara n'avait jamais envisagé aucune histoire avec Evan et pour preuve, elle ne s'était jamais imaginée dans ses bras, ni même bercée d'illusions en s'inventant des scènes torrides dans un avenir proche. Jamais elle ne s'était consolée avec ces idées idiotes qu'on se mettait en tête quand on est amoureux. Non, rien de tout ça. Ce qu'elle voulait, ce n'était pas vivre une nouvelle histoire mais retrouver son amour perdu avec Alexandre. Cette révélation n'apporta pas pour autant la sérénité à Clara. Mais au moins, elle savait que son cœur n'appartenait qu'à un seul homme.

Adieu la confusion.

Pourtant, quelque chose contrariait Clara. Ce qui la perturbait, c'est qu'Evan ne l'avait pas repoussée. OK, ça n'avait pas duré une éternité et il avait été probablement surpris, mais il semblait à Clara que quand quelqu'un ne vous séduisait pas du tout, ce devait être un automatisme de le repousser.

Jérémy trouva la corbeille très à son goût. Pour les yeux, c'était un délice et à n'en pas douter, pour le goût aussi. Il serra très fort Clara dans ses bras et déposa la corbeille sur la table au milieu des chips et des olives. Tout à fait approprié pour que la corbeille se fasse remarquer. Et ce fut le cas, elle attira tous les regards. Jérémy lui présenta plusieurs connaissances puis soirée oblige, il passa d'invités en invités dont la moyenne d'âge ne dépassait pas vingt ans. Jérémy venait de louer un très grand studio avec une mezzanine.

Ce petit appartement est pas mal fichu pour démarrer sa jeune vie.

Clara se servit un verre de vin puis alla piocher dans les toasts aux anchois. Détestant rester toute seule debout parce que ça faisait vraiment trop genre « je suis seule et sans amis », elle alla s'asseoir sur une des marches de la mezzanine.

Elle en profita pour replonger dans son passé. Elle se souvenait quand Alexandre et elle avaient pendu leur crémaillère. Alexandre leur avait concocté un super-buffet au parfait mélange de saveurs sucrées salées. Il avait eu un tel succès que plusieurs invités lui avaient demandé quelques-unes de ses recettes. Elle se souvenait aussi, avec une certaine satisfaction, qu'une collègue de travail d'Alexandre, qu'elle trouvait un peu trop jolie et qui, lui semblait-il, tournait un peu trop autour de son bien-aimé, avait dû partir précipitamment à cause de son allergie aux fleurs. Les fleurs étaient bien trop nombreuses dans l'appartement pour s'en débarrasser. Il fallait faire un choix et c'est elle qui avait dû s'éclipser. Clara avait alors pensé que les fleurs étaient vraiment ses alliées.

Soudain, Clara sentit la présence d'un regard inquisiteur derrière elle. Elle se tourna vivement et remarqua une jeune fille assise à deux escaliers au-dessus d'elle. Elle avait à peine quinze ans, un look gothique. Mais le plus étrange n'était pas son apparence mais plutôt dans sa façon de regarder fixement Clara. En fait, elle ne la regardait pas dans les yeux, elle la regardait sans la voir.

Clara avait beau la scruter mais la gamine ne baissait pas les yeux pour autant et Clara en fut gênée. Elle ne comptait pas la laisser faire davantage.

— Bonjour.

Soudain la jeune fille vira à l'écarlate et fit un petit signe de la main à Clara.

Clara commença les présentations.

— Je m'appelle Clara.

La jeune fille quitta son étage pour venir s'asseoir à côté de Clara.

— Moi, c'est Suzie.

— Suzie, c'est…

La jeune fille s'empressa de la couper.

— Ouais, c'est le diminutif de Suzanne, mais ça craint trop ce prénom. Les parents, les sales idées qu'ils ont, des fois.

Clara sourit. Elle n'avait pas complètement tort.

— Clara, c'est joli.

— Merci.

— Vous êtes la patronne de Jérem ?

Clara eut l'air surprise.

— Euh… oui.

— Vous n'en êtes pas sûre ?

— Si, mais j'avoue que je ne m'étais jamais vraiment vue dans le rôle de la patronne.

— Jérem aime bien bosser chez vous.

— C'est un garçon avec une grande sensibilité. Il est très créatif et généreux. Pour faire court, je ne pouvais pas rêver de meilleur employé, Clara fit la moue puis se reprit, non de meilleur collègue. Et toi, tu es son amie ?

— Ouais, enfin pas sa petite amie, que ce soit clair !

— Et tu le connais depuis longtemps ?

Suzie haussa les épaules et repoussa une épaisse mèche en arrière.

— Un peu.

Suzie se mit à regarder de nouveau étrangement Clara. Cela la dérangea.

— Pourquoi tu me regardes comme ça ?

Suzie rougit de nouveau et son visage exprima une gêne semblable à celle d'une petite fille qui venait de se faire prendre en train de faire une bêtise.

— Désolée…

— Non, mais dis-moi, pourquoi tu me regardes de cette façon ?

— Pour rien.

Suzie s'écarta un peu pour se rapprocher de la rambarde. Le silence s'installa. Jérémy passa non loin des filles et lança un clin d'œil à l'attention de Clara. Puis il mit un vieux tube des années quatre-vingt de Foreigner « I want to know what love is ». Clara fut surprise de voir que cette génération pouvait s'intéresser à une vieillerie comme celle-ci. Elle fit un bond en arrière. Les musiques du passé vous faisaient très souvent faire un voyage au cœur de vos émotions. C'était bien plus fort que les photos. Elle se tourna de nouveau vers cette Suzie qui attisait sa curiosité.

— Est-ce que je te rappelle quelqu'un ?

Suzie secoua négativement la tête et se rapprocha de Clara.

— C'est pas ça…

Suzie mit les mains dans ses poches et regarda ses pieds.

Clara sourit. Suzie avait la taille et les courbes d'une femme mais les expressions d'une enfant.

Elle leva subitement la tête.

— J'essayais de voir votre aura.

Clara resta stupéfaite. Elle ne s'attendait pas à ça.

— Mon aura ?

Suzie hocha la tête. Clara avait une très vague idée de ce qu'était l'aura, même si elle en avait déjà entendu parler. Elle dut faire appel à sa mémoire.

— L'aura… attends, attends… ce sont ces couleurs supposées entourer notre corps ?

— Pas supposées, elles existent vraiment. C'est un halo de lumière, un champ énergétique, quoi !

Logique.

— Il en dit long sur notre personnalité, nos émotions et notre évolution spirituelle.

— C'est comme une fiche signalétique ?

— C'est bien ça.

— Et toi, tu vois l'aura des gens ?

— J'essaye… je m'entraîne depuis quelque temps. Ça permet de voir qui sont réellement les gens et dans quelle catégorie les mettre. Ce qu'il y a derrière les apparences.

Clara écoutait avec une grande attention ce que lui racontait Suzie.

— Intéressant. Et tu as vu la mienne alors ?

Suzie secoua la tête.

— J'ai pas réussi. Ça marche pas à tous les coups et y a trop de lumière dans cette pièce.

— Tu fais ça avec tout le monde ?

— Non. Mais j'essaye de le faire assez souvent.

— Et ça t'aide vraiment pour comprendre les autres ?

— Oh oui, j'vous assure ! Vous pouvez même voir l'état de santé d'une personne. Ou si elle a de bonnes pensées pour les autres.

— Mais alors, c'est rentrer dans l'intimité des gens de faire ça ?

Suzie reprit sa teinte favorite : le rouge. Visiblement, elle n'avait jamais étudié ça de ce point de vue.

— Vous pouvez le voir comme ça mais mon but, plus tard, c'est d'aider les gens. Je voudrais leur dire ce qu'il faut qu'ils soignent chez eux.

Clara lui sourit. Elle trouvait Suzie très attachante.

— C'est une bonne démarche.

— … Vous devez vous dire, elle est complètement allumée, celle-là.

— Pas du tout, je trouve ça très passionnant. Tu m'apprends des choses.

— Ce n'est pas un don, tout le monde peut le faire. Enfin, faut se donner les moyens.

— Oui, ça, c'est comme pour tout ce qu'on entreprend.

— Moi, je perçois certaines choses des fois mais c'est rien comparé à Jérémy.

— Jérémy ?

Suzie se pinça les lèvres.

— Oui. Mais je ne peux rien vous dire, ça, c'est son secret.

Le visage de Suzie se ferma tout à coup.

— D'ailleurs, je ne sais même pas pourquoi je vous en parle, c'est étrange, je ne vous connais pas et je vous déballe des trucs personnels.

— Mais tu ne m'as rien dit, excepté que tu t'entraînes à voir l'aura des gens… et que tu n'as pas vu la mienne.

Suzie baissa la tête et sembla réfléchir.

— Est-ce que vous êtes dans une situation difficile ou délicate ?

Clara mit du temps avant de répondre, d'abord surprise par cette question puis parce qu'elle non plus n'était pas du genre à aborder sa vie avec les étrangers, mais là, elle crut bon d'en dire un peu plus. Suzie lui inspirait confiance et cette conversation l'intriguait de plus en plus.

— En effet. Je suis dans une situation compliquée et douloureuse.

Suzie retrouva le sourire et tapa sur ses genoux.

— Ah ben voilà, c'est ça !

— Qu'est-ce que tu veux dire ?

— Il n'y a pas de rencontres hasardeuses. Tout a du sens, même si on ne le comprend pas tout de suite.

— Tu veux dire que tout ce que tu m'as raconté devrait peut-être avoir un sens pour moi ?

Suzie hocha la tête, le visage illuminé.

— Peut-être bien. Je peux vous assurer que je suis plutôt timide d'habitude. Et je n'ai pas de problème au point de vouloir à tout prix parler avec quelqu'un. Mais attention à pas s'emmêler les pinceaux, des fois, on rencontre des gens et il ne se passe rien. Faut pas voir du sens là où il n'y en a pas non plus. Et puis parfois, on a une sensation différente, une émotion… c'est difficile à expliquer.

— Mais en quoi le fait que tu vois l'aura des gens pourrait m'aider ? Est-ce que je devrais apprendre à voir la mienne ?

— Pas forcément. Je vous ai dit, des fois, on ne comprend pas tout de suite.

— C'est peut-être aussi une conversation tout à fait banale. On a vite fait de se monter la tête des fois.

— C'est possible, mais je ressens quelque chose autour de vous et sincèrement, je ne saurais pas vous dire quoi.

Un adolescent, muni d'un casque de moto, arriva tout près d'elles annonçant ainsi la fin de la conversation.

— Eh, Suzie, je m'tire ! Tu veux que je te ramène ?

— OK. J'arrive.

Suzie se leva et se tourna vers Clara en esquissant un petit sourire.

— Ne cherchez pas trop. Les choses viennent ou ne viennent pas !

Eh bien voilà une phrase qui éclaire tout.

Clara lui tendit la main.

— Merci pour cette conversation.

Suzie la regarda de haut.

— Sérieux, ça craint de se serrer la main.

C'est avec cette réplique chaleureuse que Clara prit conscience qu'elle venait de converser avec une adolescente. Elle rangea sa main et regarda Suzie quitter l'appartement de Jérémy. Quelle étrange gamine ! Et quelle étrange discussion. Clara resta assise encore quelques instants à réfléchir aux choses auxquelles on ne prête pas attention et qui peut-être ont un sens caché… et cela l'amena à ce bras sorti de nulle part qui l'avait agrippée, et ces enfants qui étaient arrivés pour se disputer le trèfle à quatre feuilles.

Qu'est-ce que tu ne veux pas voir Clara ?

Ce bras n'était peut-être pas sorti de nulle part après tout. Si elle réfléchissait bien, il l'avait stoppée. Comme s'il voulait qu'elle voie quelque chose.

Arrête-toi Clara et regarde. Mais regarder quoi ? Les enfants... le trèfle ? Le trèfle à quatre feuilles, c'est la chance.

Clara refusa cette idée ne voyant pas sa vie bercée par les anges de la chance. De plus, elle refusait de mettre un nom derrière ce bras.

En quittant ses réflexions, son regard s'arrêta sur Jérémy.

Et si c'était le secret de Jérémy qui pouvait m'aider à avancer ?

Elle avait beau le fixer, comme Suzie le faisait avec elle précédemment, elle ne lisait rien du tout en lui. La seule chose qu'elle était sûre de savoir sur elle, c'est qu'elle n'avait aucun don.

5. Ikebana

— Mettez en valeur la beauté naturelle !

Voilà ce que répétait sans cesse le grand maître japonais.

Après quatre jours passés à Deauville avec Alexandre, quatre jours en tête à tête, quatre jours où l'amour sonnait comme un écho, Clara n'avait plus rien à faire à part encaisser la chaleur du mois d'août. Elle aurait pu se contenter de s'enfiler glace sur glace en alternant sieste et lecture, mais Clara détestait être dans le non constructif très longtemps.

Un jour de programme palpitant : faire du rangement dans son sac, elle avait retrouvé le petit prospectus qui proposait un stage d'ikebana.

Ce petit prospectus qui s'était envolé à Rungis pour arriver jusqu'à elle. Depuis la conversation qu'elle avait eue avec Suzie et qui l'avait marquée, Clara avait décidé de laisser le hasard rentrer dans sa vie.

En retrouvant ce bout de papier froissé, elle avait spontanément pris son téléphone pour s'inscrire.

Après tout, c'était une curiosité pour elle. Une autre façon d'aborder les fleurs. C'était l'art de les faire vivre. Et puis, un peu de zen attitude était bienvenu.

Et voilà ce qu'elle s'évertuait à faire depuis ces trois derniers jours, mettre en valeur la beauté naturelle de la nature. Elle tentait d'arranger des feuilles de lilas quand le maître passa à côté d'elle pour l'observer en silence. Se sentir observée avait le don de décontenancer Clara. Intimidée, elle s'arrêta aussitôt pour demander son avis.

— Qu'en pensez-vous ?

— La question est plutôt ce que vous, vous en pensez ?

Le maître attrapa un sécateur et se mit à couper quelques feuillages.

— L'ikebana doit apporter sérénité et concentration. Vous devez approcher l'harmonie et acquérir une nouvelle confiance en vous.

Il déposa le sécateur puis regarda les feuillages déjà mis en place par Clara.

— C'est une philosophie.

Clara jeta un œil rapide au travail des autres participants puis poussa un grand soupir, découragée.

— Ça je l'ai bien compris, mais c'est tellement différent de ce que je fais d'habitude. C'est étrange, je me considère plutôt comme une bonne fleuriste ou du moins ayant acquis pas mal de connaissances… et là, je me sens complètement nulle.

— Parce que c'est une autre approche, ça vous demande de revoir toute votre méthode. En tant qu'Occidental, vous avez pris l'habitude de remplir le vide et de mettre de la couleur partout.

Clara fronça les sourcils.

— Est-ce que ça veut dire qu'on est des brutes et qu'on ne s'intéresse qu'aux apparences ?

Le maître sourit.

— Est-ce que vous aimez les fleurs ?

Clara fut déstabilisée. Elle ne s'attendait pas à cette question. La réponse lui semblait tellement évidente.

— Bien sûr !

— Est-ce que vous vous contentez de les mettre dans un vase ? Est-ce que ce n'est pour vous qu'un objet de décoration ?

Clara secoua la tête.

— Non, bien sûr que non. Je me sens… heureuse quand je prépare un bouquet ou quand je vois que mes fleurs sont en pleine forme.

— Alors, vous avez votre réponse. Vous n'avez rien

d'une brute. Et ce que vous en faites n'a aucune importance. C'est ce qu'elles vous transmettent qui compte et ce qu'elles vous font ressentir.

— Chez vous le respect de la nature est quelque chose d'acquis. Votre attitude face à elle me touche vraiment beaucoup.

Le maître avait le visage d'un sage et un sourire bienveillant.

— Retenez ça et vous aurez tout compris à cet art : ce ne sont pas vos yeux, ni vos mains qui font ces bouquets, mais votre âme. Le bouquet doit être vous et vous devez être ce bouquet.

Il lui mit une petite tape amicale sur l'épaule.

— Vous allez y arriver, il suffit juste que vous appreniez à regarder autrement.

Changer son regard. Ce n'était pas la première fois que cette idée se mettait sur sa route.

Regarde autrement Clara !

Alors qu'elle rentrait en courant sous la pluie avec son bouquet censé représenter ses émotions, Clara faillit rentrer de plein fouet dans Evan. Elle mit plusieurs secondes avant de réaliser que ce n'était pas un rêve et qu'il était réellement là, devant elle, en chair et en os. Evan fut tout aussi surpris qu'elle. Ils se regardèrent quelques secondes sans rien dire, visiblement gênés tous les deux. Clara baissa la tête, mal à l'aise. Plein de mots fusaient dans sa tête mais aucun ne voulait sortir. Embarrassée, son cœur battait la chamade.

La pluie était devenue inexistante pour l'un comme pour l'autre.

Evan fut le premier à prendre la parole.

— Bonjour.

— Bonjour.

Ils laissèrent une nouvelle fois le silence s'imposer. La situation était si tendue qu'il fallait rompre ça au plus vite. Et Clara trouva une solution radicale soufflée par la nervosité ambiante. Elle se mit soudainement à rire, imitée aussitôt par Evan. Le rire était un bon moyen de communication et une défense imparable. Ils rirent un bon moment offrant ainsi aux passants un spectacle étrange de deux tarés qui rient sous une pluie battante, inscrits au concours de celui qui se réveillera le lendemain avec la plus grosse fièvre. Mais les passants ignoraient que la fièvre était déjà là.

Evan fut le premier à retrouver son sérieux.

— Vous avez le temps pour un café ?

Clara cessa de rire puis tourna sa tête vers la droite. Ils étaient arrêtés devant la devanture d'une brasserie.

— D'accord.

Clara s'était absentée quelques minutes aux toilettes. En se découvrant devant la glace, elle poussa un cri qui attira les regards à côté d'elle. La pluie avait massacré son visage en faisant dégouliner son mascara un peu partout sur son visage. Elle se demandait pourquoi dès qu'elle était avec Evan, elle trouvait toujours le moyen d'avoir l'air ridicule.

Eh ben maintenant, je sais pourquoi il éclatait de rire !

Elle passa sur cet épisode, préférant penser qu'il ne lui avait rien dit pour ne pas la gêner, à moins qu'il ait profité de cette occasion pour se venger de la dernière fois. Justement, la dernière fois, il faudrait fatalement aborder ça. L'explication serait compliquée à entendre : « Oh, excusez-moi, j'ai cru une seconde que j'embrassais Alexandre ! » Clara en convenait, c'était bidon, et pourtant… Pour qu'elle passe, ça demandait bien plus de détails. Mais ça, c'était hors de question…

Comment est-ce que je vais aborder ça ?

Clara n'avait jamais songé à ce qu'elle pourrait bien lui dire si elle se retrouvait de nouveau face à lui. Elle s'était imaginé que cette situation n'arriverait plus.

Quand elle le rejoignit, deux cafés étaient déjà posés sur la table. Evan lui désigna le bouquet.

— C'est joli !

— Merci. C'est le résultat de mon initiation à l'ikebana. C'était le dernier jour aujourd'hui.

— C'est japonais ?

— Oui. Oh, je suis loin d'avoir fait le plus beau bouquet.

— Même en vacances, vous ne quittez pas les fleurs.

— Disons que c'est plus compliqué en cours d'année pour me libérer. Là, j'avais du temps et c'était vraiment pour mon plaisir.

Ils s'adressaient l'un à l'autre normalement, comme si rien ne s'était passé.

— Ça ne ressemble pas aux bouquets traditionnels.

— C'est vrai. Leur approche est toute différente. C'est l'harmonie de la nature et de la sagesse présente dans notre esprit. Les fleurs sont orientées de façon à offrir le maximum de leur beauté… et vous voyez, les branchages sont soigneusement taillés de façon à mettre leur ligne en valeur.

Elle s'arrêta subitement, sentant le regard d'Evan la pénétrer. Il ne regardait plus du tout le bouquet.

— On dirait que je suis en train de vous faire un cours… Désolée, je m'emballe.

Elle le fixa à son tour. Cette fois, c'est lui qui eut l'air troublé et qui détourna le regard. On aurait dit que les rôles s'inversaient.

— C'est comme ça avec les gens passionnés.

Clara but une gorgée de son café.

— Et vous, vos vacances ?

— Dix jours à l'île Maurice, ça m'a fait un bien fou.

Il était temps aux banalités de s'effacer.

Vas-y ! Il faut crever l'abcès. De toute façon, ça ne sera jamais le moment. Et surtout, regarde-le.

— Je tenais à m'excuser pour la dernière fois. C'est… insensé ce que j'ai fait et surtout, je ne sais pas pourquoi je l'ai fait.

Clara mentait mais elle était incapable de lui dire la vérité. Evan l'écoutait avec une grande attention sans rien laisser paraître sur son visage.

— Je vous ai embarrassé et j'en suis terriblement confuse.

Confuse, c'était tout à fait le mot qui convenait. Evan semblait nerveux et avait le regard fuyant. Ce qui n'était pas son habitude. Il ne faisait vraiment rien pour détendre l'atmosphère. Une telle réaction étonna Clara.

Il n'a vraiment pas dû apprécier mon baiser.

Il prit enfin la parole avec une voix sans assurance.

— Embarrassé, non, mais étonné, oui… je dois bien avouer que ce baiser m'a… perturbé.

— Oui, c'est normal… vous ne vous y attendiez pas et moi non plus. Ça n'était réellement pas programmé. Je n'en avais aucune envie… enfin, sans être vexante, vous comprenez ce que je veux dire ?

Evan la fixait de ses yeux brillants et profonds. Il avait le visage… d'un ange. Voilà ce que se disait Clara en le voyant à cet instant précis. Elle était en train de voir ce qu'il y avait derrière cette porte qu'elle refusait d'ouvrir. Elle sentit un léger tremblement à l'intérieur d'elle qui était de l'ordre du désir, et peut-être plus.

Oui, Clara tu désires cet homme. Oh, mon dieu, tu le désires lui… tu t'es trompée.

— Le problème, c'est que votre baiser m'a beaucoup troublé. Vous êtes attirante Clara.

Il se frotta le front, comme s'il avait un mal de tête qui le poursuivait depuis un petit bout de temps. Clara n'était pas sûre de comprendre, d'ailleurs, elle ne chercha pas à creuser le sujet davantage. Elle était si sonnée par ce qu'elle venait de découvrir.

— Oh ! Je vous demande pardon… mais ce n'est rien du tout. Vous le savez bien. On a fait ça des tas de fois à l'adolescence, d'embrasser des garçons et des filles alors que ça ne voulait rien dire.

— C'est vrai. Mais nous ne sommes plus des adolescents. Et parfois, on ressent des choses qu'on n'avait pas prévues.

Cette conversation prenait une tournure inattendue et Clara était plus que jamais perdue. Cette fois, elle ne retrouvait plus l'équilibre sur ce fil instable. Seul Alexandre avait ce pouvoir de lui donner ce maintien harmonieux, mais elle avait beau le chercher, il ne se manifestait pas. Aucun souvenir en vue. Aucune apparition surprise. Non, Alexandre était totalement exclu de ce moment. Il n'y avait qu'elle et Evan. Ce fut un choc, un terrassement.

Evan semblait vouloir en dire davantage mais renonça. Il se contenta de se lever. Il avait l'air aussi secoué que Clara. Mais cette fois, c'est lui qui prit l'initiative de partir.

— Je dois vous laisser.

Il resta quelques secondes perdu entre l'envie de rester et de partir. Il tapota sur la table et observa Clara, comme s'il attendait un signe de sa part, mais elle ne trouva rien d'autre à dire qu'un simple :

— Je suis profondément désolée.

Evan regarda son bouquet.

— Je souhaite que votre vie soit aussi harmonieuse

que ce bouquet.

Evan abandonna une Clara muette, au bord des larmes. Elle aurait voulu lui courir après mais elle ne le pouvait pas. Trop tôt, trop tard ? Ou plutôt dans d'autres circonstances…

6. Promenons-nous dans les bois

— Tu m'avais promis un indien et me voilà en train de me faire piquer par des ronces…

Macha rencontra des difficultés à se frayer un chemin parmi les herbes hautes.

— Arrête de râler ! L'indien, c'est la récompense, si t'es sage. Et laisse-moi te dire que c'est mal barré.

— Quand tu es venue me chercher et que tu m'as dit de m'habiller confortablement, je m'imaginais autre chose.

— Comme ?

— Ben, je ne sais pas. Un hammam, un massage.

Clara et Macha se trouvaient en plein cœur de la forêt de Fontainebleau et marchaient côte à côte.

Clara lui lança un petit sourire en coin.

— T'en as pas assez de toujours jouer à la citadine ? Ça fait du bien de changer d'air.

Elle s'arrêta et contempla le paysage qui les environnait. Macha continua d'avancer sans prêter la moindre attention aux environs.

— Regarde-moi ça, ce n'est pas magnifique ?

Clara reprit la marche.

— Et en plus, ça nous fait faire de l'exercice.

— Comme si on ne piétinait pas assez comme ça, toute l'année. En tout cas, pour la prochaine sortie, c'est moi qui décide.

Elles arrivèrent dans un sous-bois où elles décidèrent de faire une pause.

Clara se débarrassa de son petit sac à dos et s'adossa contre un grand chêne.

Macha alla s'asseoir sur un tronc posé de travers à même le sol.

Clara ferma les yeux.

— Respire ! Ça fait du bien d'être en pleine nature. Écoute le bruit du vent dans les feuilles, entends le coucou.

Macha extirpa une petite bouteille d'eau de son sac.

— C'est pour ça que tu m'as amenée là ? Je te signale que de nos jours, on trouve de superbes enregistrements de bruits de forêt. Un travail de pro.

Clara ouvrit les yeux et fusilla Macha du regard.

— Tu es indécrottable.

— Dis, t'aurais pas en projet de faire des bouquets, j'espère ? Parce que moi, j'ai passé l'âge de me mettre à quatre pattes… enfin, sans raison valable, j'entends bien.

Clara haussa les épaules et se mit accroupie.

— Vous les adultes, faut toujours que vous salissiez tout.

Elle attrapa une brindille et commença à dessiner des figures abstraites dans la terre tandis que Macha continuait de se battre avec les moustiques.

— Tu te souviens, enfants, on aimait ça, être en forêt. C'était un lieu qui remplissait notre imagination.

Macha hocha la tête.

— Oui. L'enfance, c'est une période où on s'émerveille facilement.

Clara lâcha sa brindille, secoua ses mains et s'assit à même le sol.

— Ce n'est pas marrant de faire partie des blasés.

Macha regardait un peu partout autour d'elle.

— Moi, j'ai toujours trouvé que la forêt avait quelque chose de beau et d'effrayant à la fois. C'est vrai, ce n'est pas un endroit qu'on maîtrise. On entend des bruits, on se sent observé.

— La nature est aussi un havre de paix qui nous force parfois à nous poser des questions.

Macha emprunta un ton ironique :

— Tu as appris ça à ton cours de… kabana…

— I-ke-ba-na ! En tout cas, ça m'a ouvert les yeux sur certaines choses.

Macha tendit sa bouteille à Clara qu'elle refusa en secouant la tête.

— Et tu es venue ici pour te poser des questions ou pour trouver des réponses ?

— Plutôt pour prendre mon pouls.

Macha prit soudain un ton très sérieux.

— Tu sais, dans l'interprétation des rêves, la forêt est censée représenter notre inconscient.

Clara fut surprise.

— Tu t'intéresses à l'interprétation des rêves, toi ?

— Quand tu vas mal, tu t'accroches à plein de trucs. J'ai rêvé plusieurs fois de mon mari et j'ai voulu voir ce que ça donnait. Dans un rêve, il m'a même offert une nuit d'amour. Est-ce que c'est prémonitoire ? Est-ce mon inconscient qui répare un manque, une frustration ?

— Et tu en es arrivée à quelle conclusion ?

— Pour le moment, je ne pense pas être à l'écoute mais plutôt à donner l'interprétation que j'ai envie de donner.

Soudain, elles entendirent un petit bruit provenant d'une haie, tout près d'elles. Elles regardèrent dans la direction, surprises, puis le bruit cessa. Elles se regardèrent amusées.

Clara reprit la parole.

— Tu te sens comment, toi ? Fatiguée, usée, pleine d'espoir ?

— Brisée serait le mot le plus juste. Oui, je me sens brisée.

Clara vint s'asseoir près d'elle et lui prit la main.

— Moi aussi je suis brisée, mais tu sais quoi, tous

les jours, j'essaye de me mettre l'histoire du petit pot fêlé en tête.

— L'histoire du pot fêlé ?

— C'est un conte chinois très connu.

— Le titre n'augure rien de drôle. Enfin, raconte quand même.

— C'est l'histoire d'une vieille dame qui possédait deux grands pots, chacun suspendu au bout d'une perche qu'elle transportait chaque jour. Un des pots était fêlé, alors que l'autre pot était en parfait état et rapportait toujours sa pleine ration d'eau. À la fin de la longue marche du ruisseau vers la maison, le pot fêlé, lui, n'était plus qu'à moitié rempli d'eau. Pendant deux années complètes, la vieille dame transporta ses deux pots et ne rapportait chez elle qu'un pot et demi d'eau. Bien sûr, le pot intact était très fier de ses accomplissements. Mais le pauvre pot fêlé, lui, avait honte de ses imperfections et se sentait triste, car il ne pouvait faire que la moitié du travail pour lequel il avait été créé. Après deux années de ce qu'il percevait comme un échec, il s'adressa un jour à la vieille dame : « J'ai honte de moi-même, parce que la fêlure sur mon côté laisse l'eau s'échapper tout le long du chemin lors du retour vers la maison. » La vieille dame sourit et lui dit : « As-tu remarqué qu'il y a des fleurs sur ton côté du chemin, et qu'il n'y en a pas de l'autre côté ? J'ai toujours su à propos de ta fêlure, donc j'ai semé des graines de fleurs de ton côté du chemin, et chaque jour, lors du retour à la maison, tu les arrosais. Pendant deux ans, j'ai pu ainsi cueillir de superbes fleurs pour décorer la table. Sans toi, en étant simplement tel que tu es, il n'aurait pas pu y avoir cette beauté pour agrémenter la nature et la maison. »

Clara ponctua son récit par un doux sourire puis elle enveloppa Macha de son regard profond. Macha reçut cette histoire en plein cœur, ce qui la dispensa du moindre commentaire. Ce fut Clara qui prit la parole.

— Et comme nous le savons tous, les contes ne font que s'inspirer de la vie.

Macha réussit à articuler quelques mots.

— Tu crois vraiment que nos fêlures peuvent nous aider.

— Oui, ça, j'en suis certaine.

Macha déposa un bisou sur la joue de Clara.

— Merci. Tu avais raison, rien de tel qu'une balade en forêt pour se sentir mieux.

7. Halloween

Halloween permettait un peu de fantaisie. Jérémy avait creusé plusieurs petites citrouilles et les avait remplies de fleurs de saison à couleur dominante orange. Ses créations partaient comme des petits pains et il n'en était pas peu fier.

Clara était devenue lointaine, moins souriante depuis la rentrée. Elle faisait des efforts pour reprendre sa vie en main mais c'était si dur de faire comme si de rien n'était arrivé. Elle avait compris qu'elle ne reverrait plus jamais Evan juste au moment où elle avait compris que c'est lui qu'elle désirait.

Assise devant la vitrine, elle regardait le catalogue des cartes à message que les clients faisaient parfois glisser dans leur bouquet. Elle devait passer commande car son stock s'amenuisait.

Elle s'arrêta sur un modèle avec ses vers d'Apollinaire :

J'ai cueilli ce brin de bruyère,
L'automne est mort souviens-t'en,
Nous ne nous verrons plus sur terre,
Odeur du temps, brin de bruyère,
Et souviens-toi que je t'attends.

Clara eut une poussée de tristesse à la lecture de ces vers. Elle ferma le catalogue et releva la tête. Un groupe de personnes déguisées passait devant sa boutique. Il y avait une sorcière, un fantôme et la mort. Le fantôme s'arrêta devant Clara et leva les bras pour lui faire peur. Clara éclata de rire.

— Même pas peur !

Le fantôme haussa les épaules puis passa son chemin. Clara se retourna vers Jérémy et sourit. Il leva le pouce pour montrer combien il était fier qu'elle n'ait pas peur d'un fantôme de pacotille. Clara le rejoignit derrière le comptoir où il attachait des pois de senteur.

— Tu as prévu de sortir ce soir ?

Jérémy haussa les épaules. Visiblement, son programme n'était pas encore arrêté.

Depuis ce que Suzie lui avait dit sur lui, ou plutôt ce mystère qu'elle avait créé autour de lui, Clara le regardait autrement. Mais elle ne savait pas comment aborder le sujet, surtout qu'elle n'avait pas reparlé une seule fois de cette soirée depuis.

— Tu vas voir Suzie ?

Jérémy leva les yeux, un peu surpris.

— J'ai discuté un peu avec elle à ta crémaillère. C'était très sympathique, tout comme la petite conversation que nous avons eue.

Jérémy se contenta de sourire mais cette fois, Clara était bien décidée à avoir le fin mot de l'histoire.

— Elle essayait de voir mon aura.

Jérémy releva la tête mais elle ne décela dans son expression aucune surprise.

— D'après elle, rien n'arrive au hasard… qu'est-ce que tu en penses ?

Clara arrivait avec ses gros sabots mais peu importe, elle essayait.

Jérémy se contenta d'acquiescer. Lui faire sortir les vers du nez n'allait pas être une mince affaire.

— Elle m'a dit qu'elle voyait des choses parfois mais qu'elle était nettement moins douée que toi.

Clara attendait la réaction de Jérémy qui s'obstinait à garder son calme. C'était décontenançant. Clara soupira et se mit à trépigner comme une gamine.

— Oh allez, dis-le-moi, c'est quoi ton truc ? Je ne suis

pas d'une nature curieuse mais depuis que cette phrase lui a échappé, je me fais des films moi et ça m'agace.

Jérémy lâcha ses pois de senteur et croisa les bras en regardant Clara s'exciter. Cette situation semblait réellement l'amuser. Clara avait pris l'allure d'une gamine entêtée et mal élevée.

— Je t'assure que je dirai rien… t'as confiance en moi quand même ?

Devant le silence total, et pour cause, de Jérémy, Clara décida de prendre les choses en main.

— Bon alors, je vais essayer de deviner.

Clara fit les cent pas en relevant de temps à autre la tête pour observer Jérémy.

— Tu… vois l'avenir ?

Jérémy secoua la tête.

— Tu sais que les extraterrestres sont parmi nous ?

Jérémy cogna son index sur sa tempe. *T'es cinglée !*

Clara arrêta sa marche puis s'appuya, dépitée, sur le rebord du comptoir. Elle passa en revue toutes les idées qui s'imposaient à elle allant de la plus saugrenue à la plus bizarre, mais aucune d'entre elles ne la séduisait. Il faut dire aussi que son imagination était très limitée.

Jérémy au grand cœur eut pitié d'elle et nota rapidement quelque chose sur son carnet.

Clara, habillée de son impatience, fixait le stylo qui s'agitait. Dès qu'il eût terminé, elle sauta sur le carnet pour y lire :

— Moi non plus, je n'ai pas peur des fantômes.

Clara était déçue. Elle fronça les yeux. S'il y allait par énigme, ça risquait de prendre la nuit.

— Qu'est-ce que ça veut dire ? T'es médium ?

Jérémy secoua négativement la tête et lui nota autre chose.

Ce qu'elle vit d'écrit laissa Clara sans voix. Non pas que ce qu'elle apprenait la surprît, mais parce qu'elle ne savait pas de quoi il était question. Elle ne put en savoir davantage car un client venait d'entrer. Jérémy en profita pour s'éclipser, ravi de son effet. Il envoya un baiser à Clara qu'elle manqua d'attraper. Elle était trop énervée à l'idée de devoir rester toute seule avec cette information.

— Joyeux Halloween !

En rentrant chez elle, Clara se débarrassa en vitesse de son manteau et ses chaussures. Quelques clics sur la souris et les infos déferlaient. Jérémy était un passeur d'âmes. C'est la première fois que Clara entendait parler de ça. Les passeurs d'âmes sont des personnes qui aident les morts encore bloqués ou retenus dans notre monde à partir et trouver la paix.

Clara blêmit.

Cette nouvelle faisait l'effet d'une bombe et affaiblit chaque parcelle de son être. *Aider les morts encore bloqués ou retenus.* Clara répéta cette phrase en boucle.

Suzie avait raison, rien n'arrive au hasard. Et cette information lui était bien destinée. Ce qu'elle venait d'apprendre n'allait pas lui servir directement mais Clara devait en faire une interprétation et elle savait très bien de quoi il était question… *d'une âme retenue.* Elle assembla les pièces du puzzle et tout apparut comme une évidence.

Elle resta accroupie dans le noir, voyant arriver la fin d'un voyage qu'elle aurait aimé poursuivre mais qui ne pouvait continuer. Ce qu'elle redoutait depuis toujours était là. Une partie d'elle avait toujours su que ça finirait ainsi, mais elle s'y refusait jusqu'alors… jusqu'à Evan.

C'est elle qui l'avait retenue, cette âme et elle devait la laisser partir maintenant, elle devait la laisser poursuivre sa route sans elle. Si elle l'aimait, elle devait lui offrir la paix.

Elle pleura à chaudes larmes.

— Oh, pardonne-moi ! J'ai été si égoïste.

Clara n'avait pas fermé l'œil de la nuit et plutôt que de tenir compagnie à un lit qui ne voulait pas d'elle, elle préféra se lever, affronter ce jour nouveau au plus tôt. Elle avait constaté que dans l'appartement il n'y avait aucun son, pas plus qu'il n'y avait d'odeur : aucune senteur de café, pas le moindre effluve d'après-rasage. Elle l'accepta et savait ce qui lui restait à faire désormais.

Elle s'était rendue au parc, qui à cette heure matinale était désert. Puis là, elle avait attendu, attendu...

Les cris ont alors brisé la paix. Elle tourna vivement la tête et aperçut deux hommes en agresser un troisième au couteau. Elle était assez loin d'eux et ne pouvait pas distinguer leurs visages. Clara se redressa, choquée, et porta ses deux mains à sa bouche. Ce fut si rapide, si soudain... Le troisième homme, atteint, s'écroula et ses deux agresseurs filèrent sans s'inquiéter de Clara. Cette dernière tremblait de tous ses membres.

C'est comme ça que c'est arrivé.

Puis elle tourna la tête vers le corps de l'homme agressé. Elle ne bougea pas et se contenta de porter sa main à son cœur. Elle n'était que spectatrice du drame de sa vie.

Un sifflement la fit sursauter. C'était le jardinier du parc qui passait tout près d'elle avec une brouette.

Clara était bouleversée mais le fut davantage en constatant que le jardinier s'apprêtait à planter des pensées à seulement quelques mètres de l'endroit où l'homme agressé s'était écroulé.

Le corps avait disparu. Clara sourit.

Je suis prête mon amour.

Ce jour-là, Clara invita Jérémy à déjeuner dans un petit restaurant chinois. Exceptionnellement, elle ferma la boutique pour une heure. Elle s'adressa à Jérémy avec un ton bien plus solennel que celui de la veille.

— Tout d'abord, sache que si je t'ai amené ici, ce n'est pas pour te cuisiner. Les plats qu'ils proposent à ce menu me suffisent amplement.

Clara tentait d'installer un climat de légèreté mais Jérémy perçut très vite que sa jovialité n'avait rien de sincère.

— Je voulais simplement te remercier de m'avoir confié ton secret.

Jérémy, très sensible aux autres, comprenait que la discussion allait être chargée. Il se contenta de la remercier en lui expédiant un sourire.

— J'imagine que ce n'est pas quelque chose que tu as dû raconter à beaucoup de personnes, c'est pourquoi j'apprécie. Sache aussi que je te crois et que jamais je me suis dit que t'étais un débile qui s'inventait des histoires.

Jérémy baissa légèrement son buste en portant sa main sur son cœur, comme s'il faisait une révérence.

— Bref, il… ton secret t'appartient et sache que je ne t'en parlerai pas, et surtout que je n'en parlerai à personne.

Jérémy fut touché et attrapa sa main pour y déposer un baiser.

— Puisque tu m'as confié quelque chose d'aussi personnel, je tiens à te dire moi-même ce qui m'est arrivé. Ce que je garde un peu comme un secret.

Elle fut coupée par le serveur qui leur apporta deux potages fumants.

Clara prit son temps. Elle sentait que les larmes arrivaient mais Clara leur refusa le passage.

Jérémy, inquiet, lui caressa la main.

— Ça va aller…

Une bonne inspiration et Clara se lança :

— Il y a deux ans, mon fiancé est mort à la suite d'une agression. Ils ne lui ont laissé aucune chance. Il s'appelait Alexandre. Enfin, il s'appellera toujours ainsi.

Le visage de Jérémy se ferma sur le champ. Il eut un mouvement de recul. Il ne s'attendait tellement pas à ça. Le choc fut si grand qu'il en lâcha la main de Clara.

Clara reprit son récit, la voix chevrotante.

— Je ne m'en suis jamais vraiment remise. Nous nous aimions tellement et nous avions de si beaux projets. Alors, j'ai continué à le faire exister, à le faire vivre auprès de moi. Il n'était plus là physiquement mais ça n'empêchait pas à notre histoire de continuer. La mort peut parfois effacer un visage, mais jamais les sentiments.

Et j'ai enfin compris, avec ton secret, que je devais le laisser partir que je devais le laisser continuer sa route. Je l'ai retenu avec ma douleur et je l'ai empêché de trouver la lumière.

Jérémy avait les yeux brillants et les lèvres tremblantes. Sa sensibilité était servie.

— Je l'aime alors je vais y arriver… et dernièrement, la vie m'a montré qu'il y avait d'autres chemins.

Clara baissa la tête. Aussitôt, Jérémy lui attrapa les mains et releva son menton. Il lui sécha la seule larme qui réussit à s'échapper. Une seule larme et au bout… la délivrance.

En revenant du déjeuner, ils découvrirent tout un attroupement autour de la boutique de Clara et du salon de Macha. La présence de la foule n'était pas ce qu'il y avait de plus oppressant, mais l'ambulance, elle, ne présageait rien de bon.

8. Une convalescence

— Quoi ?

Clara n'avait pour Macha aucun regard compatissant. Ce n'était pas des lumières qu'elle lui envoyait mais des balles. Macha les recevait sans broncher et pour cause, son bouclier interne avait cessé de fonctionner. Elle s'enfonça un peu plus dans ses oreillers et pencha sa tête en arrière en fermant les yeux.

Clara ne comptait pas la laisser tranquille.

— Quoi ? Tu oses le demander ?

Macha leva le bras et balaya le vent.

— Vous vous trompez tous, je n'ai pas voulu…

Macha laissa sa phrase en suspens.

— Tu vois, tu ne peux même pas le dire ! Tu as voulu te suicider, partir !

Macha avait fermé son salon et avalé un flacon de barbituriques. Elle ne devait son salut qu'à la présence d'un livreur qui s'était trompé d'adresse… hasard ? Encore lui !

Le livreur avait aperçu des pieds dépasser de derrière le comptoir. Il avait aussitôt appelé les secours.

Clara se retourna. Elle ne pouvait même pas regarder son amie dans les yeux. Elle était si en colère.

Macha redressa la tête et se frotta les tempes.

— Je n'ai pas pensé à partir… Je ne voulais plus avoir mal.

Clara virevolta pour s'approcher de Macha et l'attrapa avec virulence par les épaules.

— Vraiment ?

— Aïe, mais arrête, tu me fais mal !

— Qu'est-ce que ça peut bien faire, t'es plus à ça près ! Si tu voulais vraiment ne plus souffrir, tu n'avais qu'à revoir ta méthode et faire éclater la vérité en pleine face de ton mari. Mais bien sûr, maintenant, ça va être encore plus compliqué. Il se sentirait trop responsable de ce qui t'arrive.

Macha baissa la tête.

— Non. Il croit que c'est un accident.

Clara haussa le ton.

— Alors, il ne t'aime pas. Si c'était le cas, ton mal-être ne lui aurait pas échappé.

Clara lâcha Macha et s'assit sur le rebord du lit, sans la regarder. Elle préféra contempler les lys orangés qu'elle avait apportés pour casser ce blanc omniprésent dans cette pièce et qui lui était insupportable. Ici, la blancheur n'avait rien à voir avec la sagesse et la pureté. Cette chambre d'hôpital ressemblait plutôt à ce fameux tunnel de lumière que les gens prétendaient avoir vu après une expérience de mort imminente. Être dans ce lieu, c'était être tout près de la mort. Macha n'en était pas encore revenue, il suffisait de regarder son visage fané. Le regard de Clara n'avait que ces lys pour se raccrocher à la vie.

Elle reprit cette fois avec un ton plus doux.

— Tu as gardé tout ce mal au fond de toi, comment voulais-tu t'en sortir ?

Macha lui prit la main. Elle comprenait sa colère. Clara continua d'exprimer ce qu'elle ressentait, le regard noyé dans les lys.

— Il n'y a pas que lui. Tu as un fils, des amis, ton salon. Même s'il s'en allait, tu pourrais vivre, tu pourrais vivre sans lui… je te le promets.

Les yeux de Clara quittèrent les lys pour regarder Macha et tenter de lui envoyer un peu d'éclat de vie.

— Tu peux me faire confiance.

Ce fut trop douloureux et Clara éclata en sanglots, se réfugiant dans les bras de Macha.

Macha se trouva démunie.

— Oh non, ma belle, ne pleure pas. Ce si joli visage a déjà trop pleuré. C'est idiot, je le sais. Je te demande pardon… pardonne-moi, pardonne-moi… Peut-être que j'avais besoin de ça pour comprendre les choses.

Elle releva la tête de Clara et remit une de ses mèches en place derrière son oreille, puis elle s'exprima enfin avec une voix cassée et fatiguée.

— Écoute, la mort n'a pas voulu de moi… mais la vie, si. Je peux te jurer que c'est ce que je vais retenir jusqu'à la fin de mes jours, peu importe mon avenir et mon couple. J'ai compris la leçon.

Elle dodelina de la tête pour insister et que son amie la croie.

— Je te demande pardon. J'ai compris. Je sais combien tout ça a dû remuer des choses en toi.

Clara essuya ses joues humides.

— Une secousse de plus ou de moins…

Clara sortit un mouchoir de son sac et essuya ses yeux.

— Qu'est-ce que je peux chialer en ce moment !

Macha lui caressa le visage puis se frictionna à l'endroit où Clara l'avait attrapée avec force.

— Tu as une de ces poignes quand tu t'y mets.

— Je suis désolée.

— C'est rien, et puis, c'était mérité. Dis, est-ce que je peux te demander un service ?

Clara se méfia.

— Ça dépend. De quel ordre ?

— Est-ce que tu pourrais te procurer un exemplaire du conte du petit pot fêlé ? J'aimerais bien l'avoir sous la main, ça peut servir.

Clara décrocha un immense sourire à son amie. Macha enchaîna :

— Bon, parlons d'autre chose, de toi ? Où en es-tu

avec… Evan ?

Clara ouvrit de grandes billes, surprise par la clair-voyance de Macha. Elle ne s'attendait pas du tout à voir Evan apparaître dans ce lieu.

— Comment tu sais ?

— J'ai appris à te connaître un peu et je ne t'avais jamais vue aussi nerveuse en présence d'un homme.

Clara réussit à sourire.

— Je n'en suis nulle part. Il m'a aidée à avancer… mais il n'y aura jamais rien entre nous.

— À cause… d'Alexandre ?

Macha savait, elle avait toujours su et avait partagé avec elle les heures les plus sombres de sa vie.

Clara secoua la tête.

— Non, à cause de moi.

Elle posa sa tête sur l'épaule de Macha et ferma les yeux.

Très vite, les chants de Noël vinrent animer les rues commerçantes, les marchés prenaient soudain la couleur du rouge et du vert. L'odeur du sapin se mêlait à celle des marrons chauds.

Finalement, le constat était simple, on aurait dit que les gens s'efforçaient d'afficher dehors la gaieté qui n'existait pas au fond d'eux.

Le temps défilait, tantôt rapide, tantôt lent, mais c'est toujours lui qui décidait.

Macha avait repris son travail très vite et était partie s'installer chez son fils. Clara, elle, faisait son deuil ou plutôt ses deuils…

Elle mettait la dernière touche à son bouquet. Depuis son stage d'ikebana, Clara n'avait cessé, dès qu'elle en avait un peu le temps, de se perfectionner. Une fois que vous aviez assimilé la démarche, il ne vous restait plus qu'à l'appliquer. Clara s'était lancée dans un paysage interprétatif. Pour faire cette belle balade, il fallait activer le lâcher prise. C'était comme si vous vous promeniez en forêt et que vous aviez laissé toutes vos pensées et contrariétés à l'orée du bois pour ne plus parler que le langage de la forêt… le langage de l'émotion. Ensuite, c'était comme une consigne, vous pouviez récupérer vos pensées à la sortie.

À présent, les jeux étaient faits et Clara avait accepté l'idée que jamais elle ne pourrait faire revivre le passé. Les pensées avaient cessé de s'entrechoquer, elles avaient chacune trouvé leur place et cohabitaient en parfaite harmonie. Clara contempla son bouquet. Elle devait en convenir, c'était le plus beau bouquet qu'elle avait jamais fait.

Toutes les affaires d'Alexandre, allant des livres aux pulls et aux parfums, avaient enfin trouvé leur place dans les cartons.

Ce ne sont que des affaires, l'essentiel d'Alexandre est là, dans ton cœur, et ça, jamais personne ne pourra te l'enlever.

Clara n'avait finalement eu aucun mal à faire ce « rangement » car c'était une chose normale et nécessaire. Elle s'occuperait de donner tout, au fur et à mesure que le temps lui accorderait sa force.

Le temps, justement, Clara se posa beaucoup de questions à son sujet. Qui peut dire comment se serait déroulée son histoire avec Alexandre si le temps avait été leur allié ? Qui peut dire ce qu'il serait advenu de leur couple ? Qui peut dire comment chacun aurait évolué ? Peut-être même se seraient-ils quittés, trahis ? C'était bien là le plus dur, leur amour avait été fauché en plein moment de grâce et personne ne pourrait jamais dire jusqu'où cette histoire aurait marqué son empreinte.

Clara regarda dehors, le temps, météorologique cette

fois, prenait la forme de flocons de neige. Cette blancheur-là, Clara l'appréciait. Elle n'avait rien de sinistre et vous entraînait irrémédiablement dans sa magie.

La magie blanche a toujours été bienveillante.

9. La fête des amoureux

La Saint Valentin ! Voilà une date que Clara détestait plus que tout. Pourtant, elle reconnaissait que cette journée imposée arrangeait bien son commerce.

Amateurs de rouge et de clichés, bienvenus !

Voilà la réflexion que se faisait Clara tout en admirant avec un haut-le-cœur sa boutique transformée en décor pour un roman de Barbara Cartland. Le bal des hommes n'allait pas tarder à commencer : les jeunes amoureux aux yeux de merlans frits, les maris obligés et ceux qui croient avoir tout dit avec un bouquet. En cette journée, il y en avait pour tous les goûts et… mauvais goûts. De plus, Clara allait devoir tout se coltiner toute seule car Jérémy était malade. Il avait bien choisi son jour, tiens !

Il faut reconnaître que la niaiserie peut parfois mettre très mal à l'aise les âmes sensibles. Ne te moque pas Clara, si tu voyais Evan débarquer avec un bouquet rien que pour toi, tu trouverais ça chou…

Mais bien sûr, ça ne risquait pas d'arriver. Elle n'avait pas à redouter sa présence. Il irait probablement acheter des fleurs pour sa compagne ailleurs et c'était tant mieux. Cela faisait tellement de mois qu'ils ne s'étaient pas revus. Probablement qu'il avait remis à flot sa relation avec… Lucie. Clara n'avait jamais été jalouse d'elle, ni essayé de lui trouver des défauts sans la connaître, ce genre de choses que l'on ressent quand on est de mauvaise foi et qu'on se convainc que l'autre est fait pour vous. Jamais elle n'avait ressenti ça, car dans sa tête et surtout dans son cœur, jamais elle ne s'était donné la possibilité de voir cet amour se vivre réellement. Ça y est, elle l'avait dit, elle le reconnaissait enfin, c'était de l'amour.

Le carillon retentit, Clara eut le cœur qui s'accéléra légèrement… ce n'était pas Evan. Un homme d'âge mûr, aux cheveux grisonnants et très élégamment vêtu fit son entrée dans la boutique. Il salua Clara.

— Bonjour, puis-je vous aider ?

Son regard indécis se promena dans toute la boutique.

— Oui, probablement. J'aurais souhaité un magnifique bouquet avec trente fleurs.

— Oh, rien que ça !

— Oui, trente ans de mariage, ça se fête, non ?

— Waouh ! Ça existe encore des gens comme vous ? Faites attention à ce que ça ne s'ébruite pas, sinon vous risquez fort de vous retrouver dans un musée, vous et votre dame.

Le client éclata de rire et laissa entrevoir une belle dentition. Quand il riait, deux petites rides se creusaient sous ses yeux et lui donnaient beaucoup de charme.

Les hommes sont vraiment comme le vin.

— Ce n'est pas la date exacte de notre mariage. Mais c'est pour fêter une femme merveilleuse.

— Voilà une belle idée. Je peux vous proposer de faire un bouquet avec des fleurons d'orchidées et des roses.

— Oui, les orchidées, c'est beau.

Clara commença à attraper les orchidées.

—   Tout ce que je veux, c'est qu'elle soit émerveillée.

—   Quelle femme ne serait pas touchée par une si belle attention ? Désirez-vous joindre une carte à votre bouquet ?

— Oui. Ça me semble être une bonne idée.

Clara lui désigna le petit présentoir posé sur son comptoir qui contenait plusieurs cartes.

— Si vous souhaitez écrire un message personnel, il y a un stylo posé juste à côté.

— Ah, très bien, merci.

L'homme mit un certain temps avant de faire un choix. Après avoir déposé ses fleurs sur le comptoir, Clara alla prendre des Santinis et des feuillages pour la verdure.

L'homme notait quelque chose sur la carte. Le stylo n'avait aucune hésitation. Cet homme savait ce qu'il voulait dire à sa femme.

La sonnerie du portable du client retentit. Il regarda Clara, s'excusa puis sortit pour répondre. Clara en profita pour terminer son bouquet. Elle installa la carte dans sa petite enveloppe puis accrocha le tout au plastique qui entourait les fleurs. Elle hésita quelques secondes mais, ne voyant toujours pas son client revenir et la curiosité étant la plus forte, elle voulut savoir ce qu'au bout de trente ans de mariage, un homme pouvait encore avoir à dire à sa femme, à quoi ressemblaient les mots d'amour. Elle fit mine de mettre la carte dans son enveloppe tout en regardant du coin de l'œil son contenu. Le mari demandait à sa femme de renouveler ses vœux de mariage.

Ce qui émut Clara, ce ne fut pas la teneur du message, aussi romantique soit-il, mais plutôt à qui il était adressé.

L'homme rentra, apprécia la qualité du bouquet puis paya.

— Ce magnifique bouquet ne devrait pas la laisser insensible.

— J'en suis certaine.

Le client quitta la boutique et Clara s'empressa de le suivre silencieusement. Une fois dehors, elle le vit entrer dans le salon de Macha. Clara sautilla sur place comme une gamine. Elle imagina le bonheur de son amie qui avait eu raison d'attendre. Son amie avait toujours su que c'est elle que son mari aimait, qu'il lui reviendrait.

Tout ça est trop, trop beau.

Clara continuait de sautiller sur place, se moquant pas mal de ce que pouvaient penser les passants. Mais en virevoltant, elle tomba nez à nez avec Evan. Clara en eut le souffle coupé et se sentit paralysée. Sa gorge devint très sèche. Evan se contentait de la regarder ou plutôt de la dévorer des yeux. Et sans qu'elle s'y prépare, Evan attrapa le visage de Clara, approcha ses lèvres des siennes et y déposa un long baiser. Un baiser chaud, doux, qui lui fit perdre pied. Démunie, Clara laissa les armes du désir s'emparer d'elle. Le parfum d'Evan l'enveloppa d'un voile délicat, ouvrant la marche aux frissons qui investirent chaque parcelle de sa peau. Clara se laissait aspirer sans offrir la moindre lutte. Quand elle ouvrit ses yeux, elle vit dans le regard d'Evan, l'étincelle des gens satisfaits et heureux. Il lui caressa la joue puis marcha à reculons avant de disparaître sans un mot. Clara, tremblante, fiévreuse, s'avouait délicieusement vaincue, mais elle ne se laissa pas bercer par l'ivresse, car avant que ne sonne le grand triomphe, il lui restait une chose à accomplir.

10. Une histoire d'amour

Je n'ai plus peur de la vérité.

Clara noyait son regard dans le parterre de pensées plantées soigneusement par le jardinier du parc puis, à travers ces fleurs, elle s'adressa à Alexandre.

— Merci mon Amour. Merci du fond du cœur pour tout ce que tu m'as donné… J'ai eu du mal à te laisser partir, très égoïstement, mais aujourd'hui, je suis prête… Va vers la lumière et ne te retourne pas. Ça va aller… ça va aller.

Une sirène d'ambulance figea l'instant.

Clara tourna la tête et aperçut l'homme agressé sur le sol. Il était étendu de tout son long et ne bougeait pas. Clara poussa un léger cri puis se dirigea vers lui d'un pas franc. L'homme se leva. Il était de dos. Le chemin jusqu'à lui semblait durer une éternité. Puis il se retourna enfin pour faire face à Clara. Son visage était reconnaissable… Clara recula d'un pas et murmura dans un souffle coupé :

— Alexandre…

Alexandre lui souriait puis mit un doigt sur sa bouche pour lui faire comprendre de se taire. Clara avait envie de rire, de pleurer, de crier, mais elle ne fit rien de tout cela car une vague immense de bonheur l'envahit. Les mots n'avaient pas leur utilité. Ce que Clara ressentait était si grand, si pur, comme si elle venait de percer le secret du monde.

Clara et Alexandre se regardèrent encore quelques instants puis Alexandre disparut dans un halo de lumière.

Il n'y avait plus que Clara et le silence. Le silence amenait à la réflexion et au ressenti. Clara ne ressentait aucune tristesse, juste l'amour. L'amour bienveillant. Clara venait de comprendre que l'amour-amoureux qu'elle avait partagé avec Alexandre s'était transformé en quelque chose de plus grand, de plus universel. Leur histoire avait rejoint l'Amour.

Es-tu venu me remercier ? Es-tu mon ange ?

Puis des pas vinrent annoncer la trêve de ce moment magique.

— Evan !

Evan se tenait à l'endroit précis où Alexandre était apparu.

— Qu'est-ce que vous faites là ?

Evan eut l'air gêné.

— Macha m'a dit que je vous trouverai ici.

Oh non, pas maintenant. Pas après ce que je viens de vivre.

— Ah ! Et c'est tout ce qu'elle vous a dit ?

Il secoua la tête.

— Non.

Il suffisait de voir son visage emprunt de tristesse pour comprendre qu'il savait. Clara se retourna. Elle ne pouvait le voir maintenant, et encore moins lui parler.

Evan poursuivit.

— Elle m'a tout expliqué. Je suis désolé… sincèrement.

Clara avait envie de tout, sauf de sa gentillesse et compréhension. À cet instant précis, et en ce lieu, rien d'autre ne pouvait la mettre plus mal à l'aise.

— Evan, je ne veux pas paraître désagréable mais je n'ai aucune envie de parler pour le moment. Plus tard, si vous voulez bien.

Evan regarda, songeur, le parterre de fleurs, puis plongea à nouveau son regard dans celui de Clara.

— Je vous attendrai.

— Pardon ?

— Peu importe le temps que vous mettrez à vous sentir prête. Je vous attendrai.

Clara ne cilla pas. Elle se contenta de dévisager Evan, essayant vainement de comprendre le sens qu'elle devait donner à ses paroles. Ça faisait beaucoup de rebondissements en très peu de temps. L'espace d'un instant, Clara aurait voulu être un de ces personnages de feuilleton « à l'eau de rose ».

Ben oui, eux, ils sont capables de rester super-équilibrés alors que dans la même semaine, ils se font kidnapper, ils apprennent qu'ils ont un enfant illégitime et que leur conjoint est tombé raide amoureux de la bonne alors qu'il ne l'avait jamais remarquée auparavant. Quelle force de caractère !

— Et Lucie ?

— Elle est partie. Oh, rassurez-vous, ce n'est pas à cause de ce qui s'est passé.

— Vous êtes séparés ?

— Oui. Elle est repartie à Tahiti.

Evan se baissa près du parterre de fleurs et ramassa une pensée.

— C'était finalement plus un coup de cœur qu'une histoire d'amour.

Il se releva.

— Mais sans elle, jamais je ne vous aurais rencontrée. Et il y a des rencontres à ne pas rater.

Clara lui tendit la pensée. Clara était tétanisée. Elle s'était si longtemps enfermée dans son deuil, n'envisageant plus jamais l'idée de revivre qu'à présent que la vie lui offrait cette chance, elle avait peur.

Ce qui l'effrayait, ce n'était pas l'ombre de cette pensée mais l'idée de vivre.

Après quelques secondes de patience, Evan porta la fleur à sa boutonnière puis caressa délicatement la joue de Clara.

— À bientôt Clara.

Evan s'éloigna, laissant Clara seule décider de son avenir.

Clara releva la tête, intriguée par le chant d'un rossignol qu'elle trouvait ravissant. Clara n'eut alors plus qu'une envie, courir… En quelques enjambées, elle rattrapa Evan qui lui ouvrit ses bras. Il l'attira contre elle et lui offrit ses lèvres.

Au petit matin, Clara fut la première à ouvrir les yeux. Elle regarda Evan dormir. Elle passa délicatement sa main dans ses cheveux, se remémorant cette nuit placée sous la fièvre du désir, cette nuit euphorisante. Elle regarda ses mains qui avaient parcouru son corps, effleuré sa peau. Ses doigts qui avaient glissé dans ses parties les plus secrètes. Dès lors qu'il l'avait prise dans ses bras, pas une seconde elle n'avait songé à résister. Elle ne culpabilisait plus.

Faire l'amour, c'était renaître dans un autre monde, c'était subjuguer la mort et faire de la vie une éternité. Elle regarda cet homme qui l'avait fait revivre. Elle guetta son réveil, trop pressée qu'il la fasse revivre à nouveau.

Alors que le feu d'artifice frôlait les étoiles, le bateau-mouche, inondé de monde, prenait des allures de fête. Nous étions le soir du 31 décembre, Clara et Evan fêtaient dignement cet évènement entourés de quelques amis.

Clara, le nez pointé vers le ciel, sentit les mains d'Evan enlacer sa taille.

— Ça te plaît ?

— Un ciel qui s'illumine, c'est toujours un spectacle magnifique.

Elle se retourna pour faire face à Evan qui lui

souriait. Son ciel à elle.

Il l'embrassa dans le cou, ce qui avait le don de la faire frémir.

— Arrête ça.

— C'est vrai quoi, arrêtez ça, c'est indécent.

Macha, comme à l'accoutumée, avait le don de s'inviter dans les conversations avec élégance et discrétion. Son mari, tout à côté d'elle, crut bon d'ajouter un peu de sel à ce moment visiblement trop fade à son goût.

— Si tu veux des papouilles dans le cou, je peux t'en faire.

— C'est ça, puis après, tu te chopes un torticolis et je suis bonne pour entendre tes plaintes.

Clara et Evan gratifièrent ce duo par un rire bruyant et sincère.

Macha leva la coupe qu'elle tenait dans ses mains.

— Evan, votre champagne est délicieux.

— Merci. Je me suis dit que ça vous changerait du thé.

Clara aperçut Jérémy et Suzie, installés à une table, un peu plus loin. Elle décida de les rejoindre.

— Tout va bien, la jeunesse ?

Jérémy leva son pouce. Clara remarqua que la serviette de Jérémy avait pris la forme d'une rosace. Elle sourit. *Déformation professionnelle.*

— C'est gentil d'être venue Suzie.

— Merci à vous de m'avoir invitée. C'est la première fois que je mets les pieds sur un bateau-mouche.

— Et tu en penses quoi ?

— C'est un peu pépère… je pensais que ça allait plus vite. Enfin, c'est pour le touriste quoi.

Suzie ne manquait pas de naturel. Jérémy lui mit d'ailleurs un léger coup de coude.

— Quoi ? Ah mais, je ne critique pas, je dis juste que c'est pépère. D'ailleurs, sans vous, je ne l'aurais jamais su. Merci Clara.

Jérémy secoua la tête et Clara les abandonna dans un grand éclat de rire tandis que Suzie essayait de comprendre auprès de Jérémy à quel moment elle avait été maladroite.

Clara avait tenu à inviter tous ceux qui l'avaient amenée à son bonheur. Tous lui avaient montré le chemin, donné les clés, à leur façon. La vie entière s'était liée pour lui montrer la lumière. Elle leva les yeux vers le ciel et remarqua une étoile qui scintillait bien plus que les autres.

La vie était si simple quand on savait ouvrir les yeux.

En empruntant un des couloirs du bateau, Clara aperçut une pensée posée sur une petite table. Elle se contenta de sourire. Elle ne représentait plus qu'une jolie fleur.

Clara se mit à songer à l'apparition d'Alexandre. Il rayonnait, comme l'étoile qu'elle venait d'apercevoir dans le ciel. En relevant la tête, elle aperçut Evan venir dans sa direction. Clara se fit la réflexion que toutes les fois où elle se remettait à penser à Alexandre pour une raison ou une autre, Evan apparaissait aussitôt. Elle se demandait dans quelle mesure Alexandre et Evan étaient liés. Evan s'approcha d'elle et sortit de derrière son dos une immortelle, un cadeau inédit, magnifique. Dans le langage des fleurs, offrir une immortelle ça voulait dire : « Je serai toujours là pour toi. » Evan porta Clara dans ses bras et l'entraîna dans une petite cabine, à l'abri des regards.

L'heure était venue de côtoyer les anges.

Dans la même collection

AMOROSA

Les nouveautés de ce mois

(disponibles dans votre magasin)

Salima Bitout - Nolan et Maude
« C'est tout à fait le genre de roman que j'aime lire pour me détendre ! » Cyrielle, Moselle

Philippe de Pietat - Maux d'amour
« J'ai adoré ce roman que j'ai lu d'une traite ! » Estelle, Paris

Nathalie Gaillard - Un contrat bien séduisant
« J'ai beaucoup apprécié ce livre. L'histoire peut être réelle et arriver à toutes les jeunes femmes ! » Elise, Bordeaux

Les 50 premières personnes ayant répondu recevront un roman d'une valeur de 20€

Isabelle Bottier/*Les fleurs du destin*

Votre avis nous intéresse !

Est-ce le seul roman « Amorosa » que vous avez lu ?

❏ OUI ❏ NON Si non, autre(s) titre(s) lu(s) :

....

Qu'avez-vous aimé dans ce roman ou moins apprécié ?

....

Que pensez-vous des personnages, de l'intrigue ?

....

Suspense amoureux : y en a t-il ?

❏ trop ❏ pas assez ❏ juste ce qu'il faut

Aimeriez-vous retrouver cet auteur prochainement avec un nouveau roman ? ....

Aimeriez-vous retrouver les personnages de ce roman dans de nouvelles aventures ? ....

Le roman est t-il ? ❏ trop court ❏ trop long ❏ juste ce qu'il faut

Suggestions / commentaires sur la gamme Amorosa

....

Nom :

Prénom : Âge :

Adresse :

CP Ville :

DECOUPEZ ET ENVOYEZ À

Éditions Amorosa - 6, rue Daru 75008 PARIS

Photo couverture : © torben - Fotolia.com
Photo bandeau : © Caroll - fotolia.com

Création couverture : Chrystèle Ferté

Cet ouvrage a été mis en pages
par Sylvie Françoise — www.sylviefrancoise.com
et composé en Times New Roman MT Std

Studio de fabrication : Flora Bellanger

Imprimé en France par

à La Flèche (Sarthe)
en Novembre 2010

pour le compte des Éditions

N° d'impression : 60191
Dépot légal : Novembre 2010